YN
FFLACH
Y FELLTEN

I gofio Mared,
fy wyres annwyl

'Pan fwy' dryma'r nos yn cysgu
Fe ddaw hiraeth ac a'm deffry.'

YN FFLACH Y FELLTEN

Geraint V. Jones

Argraffiad cyntaf: 2018
© Hawlfraint Geraint V. Jones a'r Lolfa Cyf., 2018

Cynllun y clawr: Sion Ilar

Rhif Llyfr Rhyngwladol: 978 1 78461 550 5

Dymuna'r cyhoeddwyr gydnabod cymorth ariannol
Cyngor Llyfrau Cymru

Cyhoeddwyd ac argraffwyd yng Nghymru
ar bapur o goedwigoedd cynaliadwy gan
Y Lolfa Cyf., Talybont, Ceredigion SY24 5HE
e-bost ylolfa@ylolfa.com
gwefan www.ylolfa.com
ffôn 01970 832 304
ffacs 01970 832 782

WRTH I'R HAUL gilio'n raddol tu ôl i'r Foel – Moel Pen Cwm – draw acw ar y dde ac i gysgodion yr hwyr dynhau eu gafael ar y lawnt o'm blaen a thros y pentref oddi tanaf, mae ymdeimlad o fodlonrwydd anghyfarwydd yn llifo trwy fy ngwythiennau ac yn erlid y llesgedd dwi wedi'i deimlo cyhyd. Y fath wahaniaeth y gall ychydig oriau ei wneud. Ddoe, doedd y dyfodol yn cynnig dim; heddiw mae pethau wedi ysgafnu'n arw, diolch i un alwad ffôn... ac i storm hunllefus ganol nos, neithiwr.

'So the Pláz is oop for sale again then, squire?'

Wedi galw am damaid o ginio-canol-dydd yn Nhafarn Cwm oeddwn i, ddoe – y Kwm Arms Hotel, bellach – ar fy ffordd adref o'r fynwent, ac wedi archebu glasiad o win coch i'w olchi i lawr mewn esgus o ddathlu pen blwydd unig. Ond nid y weinyddes ifanc a ddaeth â'r gwydriad imi, gwaetha'r modd, ond yn hytrach y tafarnwr busneslyd ei hun.

'Finally got to you as well then, 'as it, squire?'

Doedd dim syndod yn ei lais, dim ond awgrym o wên a gwamalrwydd.

Fe wyddwn yn iawn, wrth gwrs, beth oedd yr 'it' y cyfeiriai ato ond do'n i ddim am roi iddo'r boddhad o'm cael i'n rhuthro i'w ateb.

'Ah've bin keepin this place for pas' twen'y years an' in all tha' time no one's lasted at Pláz more than few moonths. 'Ow long you bin there? Year an' 'half, maybe? Two at most?'

'Tair!' medda fi'n swta, yn fwy i'm gwydriad gwin nag wrtho fo. 'Ac, er gwybodaeth iti, does gan straeon am ysbrydion a phetha gwirion felly ddim byd o gwbwl i'w neud â'r ffaith fy mod i rŵan yn gwerthu'r lle.'

Rhannol wir oedd hynny, wrth gwrs, ond doedd *o* ddim i wybod yn wahanol!

Sut bynnag, mi gefais lonydd ganddo wedyn ac, o fewn ychydig eiliadau, ro'n i'n clywed un o'r cwsmeriaid eraill wrth y bar yn ei atgoffa fy mod i wedi colli fy ngwraig yn ddiweddar ac mai dyna, mae'n siŵr, oedd y rheswm fy mod i'n rhoi'r Plas ar werth.

Iddyn nhw, sydd wedi meddiannu'r Cwm bron yn llwyr erbyn heddiw, ni'r Cymry ydi'r 'bobol ddŵad'! Ond mae fy nghysylltiad i efo'r lle, pentref Cwmcodwm – a Phlas Dolgoed hefyd o ran hynny – yn mynd yn ôl ymhellach nag y gall yr un ohonyn nhw ei hawlio na'i amgyffred.

Uwchben y Cribau gyferbyn, mae lleuad egwan wedi dangos ei wyneb mewn awyr sy'n dal yn olau, gan chwarae mig rhwng cymylau gwynion ysgafn. Oddi tano mae'r Llechwedd Mawr yn dal i dderbyn llyfiadau olaf yr haul, gan beri i ffenestri'r tri thŷ sydd arno, Llechwedd Ucha, Llechwedd Ganol a Llechwedd Isa – Upper, Middle a Lower Lychwood yn iaith trigolion heddiw – wincio'n ddigon llachar i'm dallu am eiliad. Tai haf yw dau o'r rheini, bellach, a'u tiroedd serth yn eiddo i'r Llechwedd Isa ers rhai blynyddoedd. Ond rhyw rygnu byw a chrafu bywoliaeth mae Twm Llechwedd Isa ei hun, erbyn hyn. Nid fo, yn reit siŵr, biau'r ddiadell niferus sydd i'w gweld yn pori'r llethrau eang; na fo chwaith, yn ei oed a'i amser, fu wrthi'n ddiweddar yn troi ac yn ailhadu'r Dolydd ar lawr y Cwm. Nid fy mod i'n poeni pwy, ryw lawer, erbyn rŵan. Fydd Twm, mwy na finna, ddim o gwmpas yn hir iawn eto a bydd cenhedlaeth arall wedi mynd a chenhedlaeth newydd o estroniaid wedi dod i gymryd ein lle.

Does fawr o gysylltiad, nac o Gymraeg chwaith, wedi bod rhwng Twm a finna ers... wel, ers y busnes hwnnw efo

Alwyn, ei frawd, hanner can mlynedd a mwy yn ôl. Yn blant, roedden ni byth a hefyd yng nghwmni'n gilydd, yn crwydro llethrau'r Foel i hel llus, a'r llwybrau cefn am y mwyar pan oedd rheini yn eu tymor. A choffa da hefyd am yr hwyl a gaem yn ymdrochi yn y pwll acw yn y pellter, o dan Pistyll Gwyn – neu'r 'Bluen Wen' fel y byddai rhai yn ei adnabod – ar afon Codwm.

Roedd y pentref yn llawn plant ac yn llawn chwerthin ifanc yn y dyddiau cynnar hynny –'dyddiau tywyll' yr Ail Ryfel Byd i bawb arall! – dyddiau pan nad oedd ond mamau a neiniau ac ambell daid i gadw cỳw ar y fath griw anystywallt. Meddyliwch mewn difri fod cymaint â chwe deg a saith o blant o wahanol oedrannau yn byw ar Stryd Quarry Bank yn unig! Deuddeg tŷ a chwe deg a saith o blant! Saith o'r rheini yn Rhif 12, sef ein tŷ ni ar y gornel isaf. A fi oedd bach y nyth yn fan'no.

Pe bai gofyn imi, fe allwn enwi pob un o'r chwe deg a saith hynny rŵan ond, oherwydd y dieithrio anochel sy'n dod gydag amser, dwi wedi colli nabod ar y rhan fwyaf ohonyn nhw erbyn heddiw. Nifer go dda wedi gadael yr hen fyd 'ma'n barod, siŵr o fod, a phob un o'm brodyr a'm chwiorydd innau yn eu mysg. Ond mae Bet Rhif 1 – Bet Tŷ Pen Arall fel y byddwn i yn ei galw hi – yn dal ar dir y byw, beth bynnag. Ac Alwyn Llechwedd Isa yn ei fedd ers chwarter canrif a mwy.

Ond dŵr o dan y bont ydi pob dim felly erbyn heddiw ac, fel y gŵyr pawb, does yr un felin yn malu efo'r llif sydd wedi mynd.

Ia, chwe deg a saith yn Stryd Quarry Bank yn unig, a niferoedd tebyg yn cael eu magu ar strydoedd Glandŵr a Glanrafon, yn ogystal â nythaid go dda yn rhai o'r strydoedd llai ac ar rai o'r ffermydd cyfagos. Dyddiau hapus i ni'r plant, er gwaethaf cysgod y rhyfel dros bawb arall. Anodd derbyn bod Ysgol Cwm, i lawr yn fan'cw, mor dawel erbyn heddiw; lle a arferai fod dan ei sang yn ein dyddiau ni, a'r iard chwarae bob amser yn ferw o sŵn a symud Cymraeg a Chymreig. Canolfan Clwb yr Henoed, neu'n hytrach Centre for the Aged, ydi'r adeilad ers blynyddoedd bellach.

Does ond wythnos ers i mi roi'r Plas ar werth ac eisoes mae'r asiant wedi derbyn dau ymholiad. Bu un o'r darpar brynwyr yma'n barod. Gŵr busnes, medda fo – datblygwr – a'i fryd ar droi'r tŷ yn westy moethus, pwll nofio ac yn y blaen, a gweddill y safle – y deuddeg acer o dir llechweddog â'i dderi trwchus ar ochr uchaf y Plas – yn faes carafannau neu'n safle i gabanau gwyliau. Pe bai'n prynu byddai'n disgwyl cael cychwyn cyn gynted â phosib ar ei gynlluniau, medda fo. Felly, pa mor fuan allwn i godi fy mhac a symud allan?

Wfftio wnes i, wrth gwrs, at ei haerllugrwydd a'i siarad mawreddog gwag. Efo profiad o hanner canrif a mwy yn y busnes adeiladu a gwerthu eiddo, ro'n i'n hen gyfarwydd â'i deip, a gallwn ddweud, dim ond o edrych a gwrando arno, nad oedd ganddo'r cyfalaf angenrheidiol, na'r crebwyll chwaith, i gyfiawnhau'r fath gynlluniau uchelgeisiol. Gormod o rai fel fo, llawn gwynt a dim byd mwy, sydd yn yr hen fyd 'ma erbyn heddiw, gwaetha'r modd.

Wedi iddo adael, fodd bynnag, fe barodd ei gwestiwn, a'i ddiddordeb buan yn y Plas, imi feddwl yn ddwys ynghylch fy nyfodol fy hun, pa faint bynnag o hwnnw sydd ar ôl imi bellach. 'Ar ôl gwerthu, yn ŵr gweddw unig, pedwar ugain oed, i ble'r ei di, Mald? Dwyt ti ddim yn brin o geiniog neu ddwy, mae'n wir, ond be ydi gwerth cyfoeth i rywun yn dy oed di? Pan ddaw'n amser iti adael yr hen fyd 'ma, chei di ddim mynd â fo efo chdi, sti! Does dim poced mewn amdo.' Dyna fyddai Mam yn arfer ei ddweud; hi, yr hen dlawd, a fu farw heb geiniog ar ei helw.

Ro'n i wedi dechrau gwneud rhyw fras ymholiadau ers tro, ar y rhyngrwyd yn fwy nag unlle arall, ac yn gwybod bod dewis da o gartrefi ymddeol ar gael imi, lle gallwn dreulio fy mlynyddoedd olaf mewn rhywfaint o gysur a diogelwch. Ond mae pob un o'r rheini'n bell iawn o fan'ma, a pha apêl sydd, wedi'r cyfan, mewn treulio diwedd oes yng nghanol dieithriaid gwahanol i'r rhai sydd o'm cwmpas i ar hyn o bryd?

Sut bynnag, dyw'r cwestiwn na'r broblem ddim yn codi, mwyach, gan fod galwad ffôn neithiwr a sgwrs FaceTime fore heddiw wedi cael gwared â'r ansicrwydd. A dyna ydi achos y bodlonrwydd rwy'n ei deimlo rŵan wrth sefyll yma yn nrws agored y Plas yn syllu allan dros y lawnt, efo'r pentwr anghyfarwydd o fetal di-siâp ar ei chanol, a phentre Cwmcodwm oddi tanaf. Fedra i chwaith ddim cau llygad i'r difrod ar y Dderwen Fawr, ar ymyl y dreif, draw acw ar y dde.

Ydi, mae awyrgylch y lle 'ma'n fwy heddychlon ac yn llai bygythiol heddiw nag y bu ers canrif gron, a'r pentwr di-lun acw ar ganol y lawnt ydi'r rheswm pam, rwy'n tybio.

'Dolgoed' ydi'r enw moel arno ond fel 'Y Plas' mae pobol y pentref wedi meddwl am y lle 'ma erioed, er nad yw'n fawr mwy na thŷ go helaeth yn ôl safonau heddiw. Fy nghof cynharaf i am wyneb y tŷ, a hynny o bellter diogel, yw drws mawr dwbwl efo dwy ffenest dal a llydan o boptu iddo, a rhes o bedair o ffenestri llai uwch eu pen; pob un, fel y drws yntau, a'i ffrâm wedi'i pheintio'n angladdol ddu yn erbyn gwynder blinedig y waliau.

Yn blant, doedd neb ohonom am fentro'n nes na thafliad carreg at y Plas, er i ni herio'n gilydd droeon i wneud hynny ar dywyllnos. Cyffwrdd troed y cerflun ar y lawnt – 'Statsiw'r Soldiar a Satan' fel y bydden ni'n cyfeirio ato – oedd y sialens bob amser, a thrwy hynny gynhyrfu'r ysbrydion oedd yn poeni'r Plas.

Mi alla i wenu rŵan wrth gofio mai fi, yr iengaf o'r hogiau ar y pryd ac yn gawr i gyd, a ddaeth agosaf at gyflawni'r gamp honno.

'Pwy sydd am fentro heno?'

Bob Vaughan, un o'r hogiau hŷn, oedd piau'r cwestiwn a'r awgrym celwyddog yn nhôn ei lais oedd ei fod ef, o leiaf, wedi cyflawni'r gamp honno eisoes ac mai tro rhywun arall oedd hi heno.

Wedi bod yn chwarae dal oedden ni, dwi'n cofio. Yr hogiau mawr yn erlid fflyd o genod sgrechlyd a ninnau'r criw iau yn gwneud ein gorau i'w dilyn nhw o stryd i stryd, nes i bawb ymgynnull unwaith eto, yn dwr chwyslyd, o fewn golwg i giatiau mawr y Plas.

Dwi'n cofio bod haenen o darth llwyd hydrefol wedi dechrau codi a lledu o gyfeiriad yr afon gan adael Dolgoed yn ddim mwy na siâp gwelw yng nghaddug yr hwyr.

'Mi wna i!'

Ia, fi, yn seithmlwydd gorchestol, yr unig un i ymateb i her Bob Vaughan! Camu ymlaen yn dalog at y giatiau dwbwl trymion, ond oedi wedyn yng nghlec y gliced oer a sŵn y giât yn protestio'n rhydlyd ar ei cholion.

'Eith o ddim, gewch chi weld! Mi fydd gynno fo ormod o ofn.' Llais herllyd Glyn Bach Glanrafon! A fo ei hun yn cadw mwy o bellter na neb!

'Paid â mynd, Mald! Rhag ofn!' Gwyn, fy mrawd hŷn, yn gwneud ei orau i'm darbwyllo.

'Ia, Maldwyn! Plis paid â mynd! Rhag ofn!' Bet Tŷ Pen Arall, a'i dychryn i'w glywed yn ei llais bach ofnus.

Rhag ofn be, doedd neb yn siŵr ond, efo'r penderfyniad eisoes wedi'i wneud, doedd troi'n ôl ddim yn opsiwn, bellach. Mentro neu gael fy ngalw'n gachgi!

Felly, gwasgu fy nghorff eiddil drwy'r giât gilagored ac yna camu'n betrus dros geg y dreif oedd – ac sydd hyd heddiw, o ran hynny – yn amgylchu'r lawnt, nes teimlo meddalwch y gwair o dan fy nhraed a'r gwlith cynnar yn treiddio trwy wadnau tyllog fy esgidiau. Camau bach araf ac ansicr wedyn i fyny'r llechwedd ysgafn, gan daflu aml gip dros ysgwydd i fesur fy nghyfle i ddianc. 'Plis paid â mynd! Rhag ofn!' Daliai sibrydiad ofnus Bet Tŷ Pen Arall i ganu fel cnul yn fy mhen ond roedd pobman arall fel y bedd, yn gwbwl lonydd, yn gwbwl ddistaw, heb na bref dafad o bell na siffrwd dail yng nghoed y Plas. Roedd hyd yn oed y criw tu ôl imi yn dal ar eu gwynt mewn dychryn disgwylgar.

Roeddwn yn ymwybodol bod y nos yn cau'n gyflym amdanaf wrth i gerflun 'Soldiar a Satan' ymrithio'n gawraidd o'r tarth uwch fy mhen, ac i lygaid y tŷ wgu i lawr arnaf drwy'r caddug. Beth pe bai…? Ond feiddiwn i ddim gadael i'm dychymyg redeg yn wyllt. Roedd yr Hen Sgweiar wedi marw ers oes, a'r Soldiar, ei fab, wedi'i ladd yn Ffrainc hyd yn oed cyn hynny.

Ro'n i o fewn pumllath i'r cerflun erbyn rŵan ac ar fin

rhuthro ymlaen yn ddall, cyffwrdd troed y cerflun, troi ar fy sawdl a rhedeg yn ôl, fel gafr ar daranau, i gwmni fy ffrindiau a chael ymorchestu wedyn yn fy nghamp.

O leiaf dyna oedd y cynllun! Ond yna, fel roeddwn yn ymestyn llaw i gyflawni'r gamp arwrol, fe dorrodd y fath sŵn brawychus ar fy nghlyw. Coethi ffyrnig i ddechrau ac yna sŵn cadwyn drom yn cael ei hysgwyd yn wyllt, rywle o gyfeiriad cefn y tŷ. Ac fel pe bai hynny ddim yn ddigon, o gornel llygad gallwn daeru bod y milwr wedi symud ar ei bedestal, fel pe bai wedi cymryd cam yn nes at y tŷ. Yna, yn yr un eiliad, symudiad yn ffenest un o'r llofftydd, a merch ifanc lwydaidd yn fan'no yn fy annog i adael ar frys.

Fu dim mwy o waith cymell, coeliwch fi! Wnes i ond troi ar fy sawdl a charlamu'n ôl mewn arswyd pur, i sglefrio i lawr y lawnt ac allan drwy'r giât heb drafferthu ei chau ar f'ôl, heibio fy ffrindiau cegrwth ac i lawr am y pentref, a nhwtha wedyn yn rhuthro'n orffwyll ar fy ôl fel bagad o ddefaid wedi myllio'n lân.

'Be welist ti, Maldwyn?'

Erbyn hynny roedden ni wedi cyrraedd pont y pentref a chalon pob un ohonom, ac yn enwedig f'un i, yn bygwth torri allan o'i frest.

'Yr ysbryd? Welist ti'r ysbryd?'

'Ysbryd pwy? Yr Hen Sgweiar? Y Soldiar? Pwy?'

'Y ci!' meddwn innau.

'Ysbryd y ci? Ysbryd Satan wyt ti'n feddwl?'

'Nage. Nid ysbryd. Ci go iawn. Ci mawr. Roedd o'n cyfarth yn wyllt. Mi fasa fo wedi fy llarpio i tasa fo wedi torri'n rhydd oddi ar ei tsiaen.'

'Ci yn cyfarth? Chlywis i ddim byd!' Llais Glyn Bach Glanrafon.

'Na finna chwaith!' meddai sawl un arall, a sŵn 'Dwi'm yn dy goelio di' yn magu yn nhôn pob llais.

'Ci mawr du,' meddwn i eto, a gadael i'm dychymyg redeg yn wyllt. 'Dannedd fel… fel teigar ac roedd ei lygaid o'n goleuo'n goch.'

'Hy! Chlywson ni ddim byd, beth bynnag!'

'Na gweld dim byd chwaith.'

'Pam oeddech chi'n rhedeg, 'ta?'

O gael dim ateb oddi wrth yr un ohonyn nhw, fe es ati i achub fy ngham: 'Ac mi ddaru'r Soldiar neidio i lawr a dechrau rhedeg ar f'ôl i efo'i wn.'

'Ddaru o saethu atat ti?'

'Naddo, siŵr Dduw!' meddai rhywun arall, 'neu mi fasen ni wedi clywed yr ergyd.'

'Ond chlywson ni ddim ci yn cyfarth, chwaith, naddo? Deud clwydda mae o, siŵr Dduw! Wedi dychryn trwy'i din oedd o!'

'Ia,' meddai rhywun arall. 'Does gan Seilas ddim ci beth bynnag.'

Falla mai celwyddau oedd stori'r Soldiar yn rhedeg ar f'ôl i a bod gan y ci ddannedd mawr a llygaid coch, ond roedd y rhan am sŵn y cyfarth ac ysgwyd y tsiaen yn berffaith wir. 'Seilas', gyda llaw, oedd ein henw ni ar y dyn rhyfedd oedd yn byw yn y Plas ar y pryd.

'Ac mi ddaru'r forwyn ddod i ffenest y llofft a deud wrtha i am redag o'no.'

'Hy! Does gan Seilas ddim morwyn. Sut ti'n gwbod mai morwyn oedd hi, beth bynnag? Falla mai mam Seilas oedd hi.'

'Na. Roedd hi'n rhy ifanc.'

'Ei wraig o, 'ta? Neu ei gariad.'

'Morwyn oedd hi! Roedd hi wedi'i gwisgo fel morwyn.'

Rwy'n cofio bod y taeru wedi mynd ymlaen am funudau lawer ond mi gaeodd pawb ei geg pan rois i her i un ohonyn nhw fynd i fyny at y Plas i brofi'n wahanol.

Sut bynnag, diolch i storm neithiwr ac i arswyd nos Galan pan fu Florence farw, dwi'n sicrach nag erioed o'r hyn a welodd ac a glywodd y bachgen bach seithmlwydd hwnnw wrth droed y cerflun, ddeng mlynedd a thrigain a mwy yn ôl.

Ers y dyddiau cynnar hynny, dyddiau fy mhlentyndod, mae'r eiddew wedi cael llonydd i raddol feddiannu pob modfedd o'r muriau, a chau'n dynn erbyn heddiw am bob drws a ffenest a bargod, ffrynt a chefn, fel bod y Plas wedi'i ddilladu, mwyach, ag amdo werdd drwchus nad yw'r adar, hyd yn oed, yn fodlon nythu ynddi. 'Mae melltith ar y lle.' Dyna gred pentrefwyr y dyddiau a fu. 'Byth ers i'r mab gael ei golli yn y Rhyfel Mawr.' Ac mae rhywfaint o'r gred honno'n glynu hyd heddiw, wrth gwrs; sy'n egluro sylw gwamal y tafarnwr ddoe.

Pan brynais y Dolgoed, dair blynedd yn ôl, fy mwriad oedd adfer yr adeilad i'w hen ogoniant; sef y gogoniant y clywais gymaint o sôn amdano gan fy nhad a fy nhaid oedd yn cofio'r perchennog gwreiddiol a'i deulu yn byw yma. Fel yr 'Hen Sgweiar' y câi hwnnw ei adnabod drwy'r ardal, mae'n debyg, er nad oedd o fawr hŷn na Taid ei hun, nac yn sgweiar o unrhyw bwys chwaith, 'tae'n dod i hynny. Albanwr llygadog a welsai ei gyfle i brynu Chwarel Foel yn rhad, a gwneud ffortiwn gyflym iddo'i hun trwy lafur caled fy nhaid a'i debyg, cyn mynd ati'n fuan wedyn i godi'r plasty bach yma iddo'i hun. Rwy'n hollol siŵr o un peth, doedd gan yr hen ddyn fy nhaid fawr o air da i Wr y Plas, dim ond edliw fel y byddai hwnnw yn ei lordio hi o gwmpas yr ardal efo'i geffyl a thrap, gan grymu ei ben yn fawreddog i gydnabod ambell chwarelwr tlawd oedd yn barod i gyffwrdd ei gap wrth iddo fynd heibio. Ond doedd o, Taid, ddim yn un o'r rheini, medda fo. 'Dim cythral o beryg y gwelet ti fi yn ymgreinio i ryw bry-wedi-codi-oddi-ar-gachu fel fo, yn y gobaith o'i gael i roi gair yng nghlust y Stiward i osod gwell bargen imi weithio ynddi ymhen y mis!'

Ddangosodd yr hen ddyn fawr o gydymdeimlad chwaith, yn ôl a glywais gan fy nhad, pan aed â theligram trist i'r Plas ym mlwyddyn olaf y Rhyfel Mawr. Colled anffodus, ia, ond onid oedd Taid ei hun hefyd wedi colli mab, sef brawd hynaf fy nhad, fisoedd ynghynt, yn ffosydd Ffrainc? A doedd y ffaith bod mab y Plas wedi'i ddyrchafu yn Lance Corporal ddim yn gwneud colled y Plas yn ddim mwy na dim llai na'r golled i'r deunaw teulu arall yng Nghwmcodwm oedd mewn galar.

Pan ddaeth Florence a minnau i fyw i'r Dolgoed, dair blynedd a mwy yn ôl, bellach, a minnau, felly, yn ôl yn fy hen gynefin ar ôl bod yn alltud cyhyd, fe es ati ar fy union i gyflogi cwmni lleol o dref Abercodwm, bedair milltir i lawr y ffordd, i adfer y lle i'w 'hen ogoniant'. I wneud hynny, rhaid fyddai codi sgaffaldiau o gwmpas y tŷ fel y gellid mynd ati i rwygo'r trwch eiddew yn glir o'r waliau ac yna, ar ôl glanhau'r rheini'n drylwyr, eu peintio wedyn yn glaer-ulw-wyn fel yr arferent fod, yn ôl cof fy nhad a fy nhaid am y lle. Cael drysau a ffenestri newydd sbon hefyd, wrth gwrs, rhai uPVC o liw derw golau ac o'r gwneuthuriad gorau, i gymryd lle y rhai pren pydredig.

Dyna, o leiaf, oedd y bwriad, ond fe aeth pethau o chwith yn fuan iawn. Tair trychineb ar y safle o fewn yr wythnos gyntaf, os medrwch chi gredu'r peth. Brynhawn y diwrnod cyntaf un, wrth osod y sgaffaldiau ar wal flaen y tŷ, yr iengaf o'r gweithwyr yn baglu dros yr ymyl ac yn syrthio deg troedfedd i'r tarmacadam didostur oddi tano, gan rwygo cyhyrau ei gefn a'i orfodi i garchar cadair olwyn am oes. Ddeuddydd yn ddiweddarach, cŷn miniog yn syrthio o uchder ar ysgwydd labrwr ifanc arall gan beri braich dde sy'n ddiffrwyth byth. Ac yna, ddeuddydd ar ôl hynny, Robat Huws, neb llai na pherchennog y cwmni ei hun, wrth arolygu'r gwaith, yn syrthio'n farw gorn wrth droed y cerflun ar y lawnt. 'Trawiad ar y galon' yn ôl y cwest ond rhai o'r pentrefwyr hŷn o'r farn mai ysbryd dialgar yr Hen Sgweiar oedd ar waith, am nad oedd hwnnw am ganiatáu unrhyw newid i'r lle.

Nid fy mod i, ar y pryd, yn credu'r fath lol, cofiwch, ond fe ddaeth y gwaith ar y tŷ i ben cyn ei ddechrau bron ac yn y cyflwr hwnnw y cafodd aros wedyn am wythnosau lawer, gan roi'r argraff bod y sgaffaldiau yn ei gynnal, fel elor yn cynnal arch. Erbyn heddiw, er i'r elor ddiflannu mae'r amdo o eiddew tywyll yn glynu o hyd, ac felly y caiff fod, o'm rhan i, bellach. Mater i'r perchennog nesaf fydd mynd i'r afael â fo, rŵan, ond fydd dim rhaid i hwnnw wynebu'r un rhwystrau ag a wynebais i, ac eraill o'm blaen; rwy'n eithaf ffyddiog o hynny, bellach. Ac i storm neithiwr y mae'r diolch, rwy'n tybio.

Sut bynnag, mae yma chwe llofft i gyd – pedair yn y ffrynt a dwy yn y cefn (rheini at ddefnydd y morynion, gynt) – dwy stafell molchi, a chypyrddau di-ri yn cuddio mewn corneli tywyll yma ac acw ar y landin. Yna, ar y llawr isaf, o boptu'r cyntedd eang ac efo'u ffenestri llydan yn edrych allan dros y lawnt, saif y Parlwr Mawr a'r Llyfrgell. Ond y rhan fwyaf trawiadol o'r tŷ, heb os, ydi'r cyntedd eang, efo'i risiau derw llydan yn codi'n urddasol ohono ac, ymhen saith gris, yn fforchio wedyn i ddau gyfeiriad, mewn ymgais orchestol i efelychu crandrwydd y 'tai mawr' gynt.

Yn y cefn, wedyn, yn edrych allan dros yr iard goncrid ddi-raen yn fan'no, mae cegin a phantri helaeth ynghlwm, a drws yn arwain i ystafell fwyta eang. Mae'r rheini, fel gweddill cefn y tŷ, bob amser yn drwm o dywyll, hyd yn oed ar ddiwrnod heulog braf, ac er imi osod popty Rayburn yn y gegin i goginio ac i gynhesu gweddill y tŷ, eto i gyd mae'r awyrgylch yn parhau i fod yn annifyr o oeraidd.

Tu draw i goncrid yr iard, efo'i graciau llawn gweiriach a chwyn, bron o'r golwg yn nhyfiant gwyllt y blynyddoedd ac efo canghennau'r deri trwchus yn gwyro'n isel drostynt, saif gweddillion clwstwr o gytiau, bron gyn hyned â'r tŷ ei hun – cwt ci, cwt glo a washws yn y dyddiau a fu! Yn ôl Taid, chwarelwyr a gafodd y dasg o godi'r rheini rywdro, yn ystod cyfnodau o smit yn y chwarel, pan oedd rhew y gaeaf neu sychdwr yr haf yn llonyddu afon Codwm, a hefyd, felly, yr olwyn ddŵr a yrrai beiriannau'r felin a gwaith y chwarel yn ei flaen. 'Hen gytiau sâl o bennau llifiau wedi cael eu taflu at ei gilydd rywsut rywsut ac ar frys!' Dyna ddisgrifiad Taid ohonyn nhw, ac fe ddylai ef wybod oherwydd bu yntau hefyd wrth y gwaith o'u codi. 'Be oedd y cythral yn ei ddisgwyl, beth bynnag, o styried nad oedd o'n barod i dalu mwy na phres cardod inni am ein llafur?' Y Sgweiar oedd yr 'o' wrth gwrs.

Mae trwch o ddanadl poethion tal wedi hawlio pob un

o'r adfeilion hynny erbyn heddiw. Nid bod rheini'n cuddio unrhyw beth o bwys, ac eithrio efallai rwd y gadwyn oedd yn arfer hongian wrth ddolen ar un o'r waliau; dolen sydd â'i gweddillion i'w gweld yno hyd heddiw.

A bod yn onest, doedd Florence, fy ngwraig, ddim yn hapus o gwbwl i symud i'r Dolgoed. Yn un peth, doedd hi ddim yn orawyddus i ddod i Gymru i fyw, yn enwedig i le mor ddiarffordd â Chwmcodwm. Ond ei rheswm pennaf oedd y Plas ei hun.

'Mae'r lle 'ma mor oer! A'r awyrgylch mor… mor…'

Rwy'n cofio mai sefyll yng ngwaelod y grisiau yr oedd hi ar y pryd, yn troi yn ei hunfan i syllu o gwmpas y cyntedd gwag a'i nenfwd uchel, a bod pwl o gryndod wedi cydio ynddi wrth iddi chwilio am air i ddisgrifio'r hyn a deimlai. Roedd y ffaith bod y tywydd tu allan yn fwll ac yn drymaidd yn tanlinellu arwyddocâd ei geiriau.

'… Duw a ŵyr be fydd hi'n debyg yma ganol gaeaf. Gad inni fynd i olwg rhywle arall, wir! Rhywle llawer llai, o gofio'n hoed ni. Prynu bynglo ddaru ni benderfynu, wedi'r cyfan, nid rhyw honglad o le mawr fel hwn. Does gen ti, mwy na finna, ddim llawer o flynyddoedd ar ôl yn yr hen fyd 'ma, Maldwyn. Gwahodd trafferth fyddai prynu hwn. Mi fydda fo fel maen melin am ein gyddfau ni. Sut bynnag, mae'r cerflun hyll 'na ar y lawnt tu allan yn codi'r cryd arna i.'

A hi oedd yn iawn, wrth gwrs, ond roedd rhyw chwiw wedi cydio ynof, gynted ag y gwelswn fod y Dolgoed ar werth; rhyw awydd anesboniadwy i brynu'r lle ac i… i dawelu chwilfrydedd fy ienctid, efallai? Fedra i ddim egluro'r peth yn well na hynny, mae gen i ofn.

'Twt!' meddwn innau, i wneud yn fach o'i hanniddigrwydd. 'Fydd dim problem cael gwared â'r cerflun. Dydw i ddim yn or-hoff ohono fo fy hun, beth bynnag.'

Yr hyn na wyddai hi ar y pryd, wrth gwrs, oedd fy mod i eisoes wedi prynu'r lle.

Rhaid i mi gyfaddef heddiw, yn enwedig o gofio hunllef nos Galan ddiwethaf a'r hyn a ddigwyddodd wedyn neithiwr, chwe mis union yn ddiweddarach, nad hwnnw oedd y cam callaf na'r doethaf i mi ei gymryd erioed.

Felly, ydw i heddiw yn difaru'r penderfyniad byrbwyll? Ydw, ar un wedd, o gofio'r hyn a ddigwyddodd i Florence. Ar y llaw arall, fodd bynnag, pe bawn i heb fentro, yna mi fyddai fy nyfodol byr innau ar yr hen ddaear 'ma yn dipyn tywyllach heddiw, yn reit siŵr. Mae'n rhyfedd fel mae Ffawd yn gweithio, a bod gan yr hen fyd 'ma ryw ffordd gyfrin o ddrysu cynlluniau rhywun, er gwell neu er gwaeth. Robbie Burns ddywedodd, 'The best laid schemes o' mice an' men / Gang aft a-gley', ac mae hen ddihareb Iddewig yn awgrymu rhywbeth tebyg: 'Pan fo Dyn wrthi'n brysur yn cynllunio'i ddyfodol, chwerthin wna Duw.'

Pan elwais yn Nhafarn Cwm ddoe am fy nghinio, ar fy ffordd adre'n ôl oeddwn i o fod am dro cyn belled â'r fynwent, mynwent y plwy, i dwtio mymryn ar fedd fy rhieni a bedd Nain a Taid – Taid, 'Yr Heretig Mawr' ei hun! – ac i adael blodyn neu ddau yno, er cof. Mynd hefyd i olwg cerrig rhai o wynebau cyfarwydd y gorffennol, a Morris Jones Glanrafon yn eu mysg, ond troi draw, serch hynny, cyn cyrraedd gorweddfan Alwyn Llechwedd Isa, a gwely olaf Bet hefyd, mwy na thebyg, pan ddaw ei thro hithau.

Galw wedyn ym mynwent yr eglwys, nid i'r rhan daclus

ohoni, efo'i hychydig feddau diweddar, ond i wthio fy ffordd trwy ddryswch o ddrain a gweiriach tal i'r gornel bellaf, i olwg Bedd y Plas ac at y golofn o farmor browngoch yn fan'no'n gwyro, ac efo'r ysgrifen arni'n pylu ac yn dangos ei hoed.

Here lieth the mortal remains of
George and Hannah Brody
of Plas Dolgoed in this parish
who retired from this life on the first day of June 1920.
In loving memory also of their gallant son
Lance Corporal Graham Brody VC
a hero of the Great War who forfeited his life on
the first day of June 1918, so that others might live.
Rest in peace.

'Retired from this life'! Dyna un ffordd o gofnodi'r digwyddiad, beth bynnag. 'Hero of the Great War'. Mater o farn ydi hynny hefyd, bellach.

Yn ôl a glywais gan fy nhad, rhyw nith i'r teulu a etifeddodd bopeth ar ôl George Brody, a hi hefyd a gafodd y cyfrifoldeb o drefnu eu hangladd. Fe fu trafferthion ar y cychwyn, mae'n debyg, am nad oedd y rheithor yn fodlon i hunanleiddiaid pechadurus gael eu claddu mewn tir cysegredig, ond fe gaed cyfaddawd buan pan glywodd hwnnw fod canpunt wedi ei addo'n rhodd yn yr ewyllys, ar yr amod bod lle i fedd i'r ymadawedig yn y fynwent. Y cyfaddawd fu caniatáu bedd yn y gongl bellaf bosib oddi wrth yr eglwys ei hun ac mor agos at y wal derfyn ag y gellid mynd.

Nes ymweld â'r bedd hwnnw, ddoe, doeddwn i ddim wedi sylweddoli bod yr Hen Sgweiar a'i wraig wedi rhoi diwedd arnyn eu hunain ddwy flynedd union i'r diwrnod ar ôl colli eu mab yng Ngwlad Belg, ac mai can mlynedd union i ddoe y lladdwyd hwnnw. Cyd-ddigwyddiad rhyfedd hefyd yw bod fy mhen blwydd innau yn syrthio ar yr un dyddiad o'r flwyddyn. A phwy all ddweud nad oedd a wnelo hynny rywbeth â'r profiad hunllefus a gefais i neithiwr, drymder nos?

Sut bynnag, ddaeth y nith ddim i lawr o'r Alban i'r Plas i fyw ond yn hytrach ei roi ar werth mor fuan ag oedd yn weddus. Gwag fu'r lle am flynyddoedd wedyn, mae'n debyg, nes i rywun ei brynu'n rhad a mynd ati i adfer ei gyflwr. Ond byr fu parhad hwnnw yn y Dolgoed, fel eraill hefyd ar ei ôl, ac erbyn heddiw rwy'n deall pam yn well na neb.

Hen lanc canol oed, efo trwch o wallt fflamgoch llaes wedi'i glymu fel cynffon merlen, oedd yn byw yma pan oedden ni'n blant. Y creadur odia'n fyw! Rhyw olwg o bell fydden ni'n ei gael arno bob amser, a hynny ar dywyllnos, yn cerdded yn ôl a blaen ar lawnt y Plas gan barablu'n ddiddiwedd efo fo ei hun. Yn ôl rhai, cyfathrebu efo'r meirw oedd o; yn ôl eraill, cynllwynio efo Satan ei hun. Weithiau caem gip arno'n cerdded, yn dal a heglog, y pedair milltir i lawr i Abercodwm, i siop y Co-op yn fan'no, er bod gennym ni ein Co-op bach ein hunain yn y pentref. Fydda fo byth yn troi ei ben i gyfarch nac i gydnabod neb na dim a gan nad oedd gan neb o'r pentref y syniad lleiaf o ble y daethai na beth oedd ei enw, yna fe dyfodd cwmwl o ddirgelwch o'i gwmpas ac fe'i bedyddiwyd ef, gan rywun neu'i gilydd, efo'r llysenw 'Seilas'. Y gred oedd bod 'Dyn Rhyfedd y Plas' yn fwy cartrefol ymysg yr ysbrydion yn Dolgoed ac yn cyfathrachu'n barotach efo'r rheini nag efo pobol o gig a gwaed.

Yna, un diwrnod, fe gynhyrfwyd y pentref gan y

newyddion bod llond cerbyd o 'bobol mewn cotiau gwynion' wedi ymweld yn ddirybudd â'r Plas ac wedi cipio Seilas i'r Seilam – neu'r 'Tŷ Mawr' yn ein hiaith ni – yn Ninbych, i'w gadw fo o dan glo yn fan'no. Ysbrydion y Plas wedi dwyn ei bwyll, yn ôl pobol Cwmcodwm. Sut bynnag, ni chlywyd dim o'i hanes ar ôl hynny a rhaid casglu mai yno y treuliodd y creadur bach trist weddill ei ddyddiau, cyn i'w enaid aflonydd ei adael flynyddoedd yn ddiweddarach, pa bryd bynnag fu hynny.

Yn y trigain mlynedd a mwy ers i Seilas fynd, fe welodd y Plas dri pherchennog arall cyn i mi a Florence gyrraedd. Byr iawn fu arhosiad y cyntaf o'r rheini, fo a'i deulu ifanc. Bu'r ail farw yn frawychus o sydyn gan adael gweddw fregus ei hiechyd. A diflannodd y trydydd dros nos a does neb, hyd heddiw, yn gwybod dim o'i hanes. A rŵan, dyma finna hefyd yn gadael.

I dorri ar f'atgofion mae cwmwl stwrllyd o frain yn codi o frigau uchaf y Dderwen Fawr, ac yn anelu'n grawclyd am y pentref oddi tanaf, i lanio eto yn rheng hir ddisgybledig ar frig to'r eglwys yn fan'no, ddau ganllath neu lai i ffwrdd.

Y fath olwg drist a dieithr sydd ar yr hen dderwen erbyn hyn, ar ôl iddi golli ei chymesuredd hardd yn ystod y nos, neithiwr. A'r fath wahaniaeth y gall pedair awr ar hugain ei wneud. Y ffaith ydi bod y lle 'ma wedi taflu ei gysgod yn rhy hir dros y pentref. Ond byth eto! Dwi'n eithaf ffyddiog o hynny, bellach.

Y cam nesaf fydd cael rhywun o Abercodwm i ddod yma i symud y pentwr metal di-siâp oddi ar ganol y lawnt a'r gangen braff sydd rŵan yn gorwedd yn rhwystr deiliog dros gornel y dreif, draw acw ar y dde.

Mae cynnwrf yr adar duon wedi dod â fy nhraed innau'n

ôl i'r ddaear ac rwy'n ymwybodol eto o'r ddwy ddisgen yn fy llaw. Pan ddaw'n amser i mi adael, fe af â'r rhain efo fi, ond fawr o ddim arall, mae'n siŵr, ac eithrio'r casgliad o luniau mewn pensel a siarcol a dyfrlliw y bûm i'n gweithio arnyn nhw ar ôl dod yn ôl yma i fyw.

DVD ydi un o'r disgiau, cryno-ddisg y llall. 'Blwyddyn 7: Thema: "GALWEDIGAETHAU". Atgofion Mr Maldwyn Davis, Plas Dolgoed, Cwmcodwm' ydi'r eglurhad printiedig ar y gyntaf; '"TREM YN ÔL": Erthyglau ar Hanes Pentref Cwmcodwm trwy air a llun gan Mr Maldwyn Davis, Plas Dolgoed' sydd ar yr ail. A heno mae gen i awydd gwylio a gwrando ar y ddwy, a hynny am y tro cyntaf ers iddyn nhw gael eu hanfon ataf, flwyddyn neu ragor yn ôl.

Wedi picio'r pedair milltir i lawr i'r dref – tref Abercodwm – oeddwn i, rhyw ddeunaw mis go dda yn ôl bellach, i nôl fy nghopi o'r *Daily Telegraph* o'r siop a galw wedyn yng Nghaffi'r Sgwâr am goffi-canol-bore a chyfle i fras ddarllen y newyddion ac i astudio cyflwr diweddaraf y Farchnad Stoc. Efo Florence, fy ngwraig, yn orweddog ac yn gaeth i'w llofft ers mis a mwy, o ganlyniad i'r strôc gyntaf honno, a gan wybod bod Edwina'r nyrs yno i ofalu amdani, roedd cael treulio ambell orig yn bell o'r tŷ yn dderbyniol iawn gen i ar y pryd.

'Fe ddof â hi draw ichi, Mr Davis,' meddai'r ferch-tu-ôl-i'r-cownter ac fe anelais innau'n ufudd at fwrdd gwag wrth ffenest Caffi'r Sgwâr, lle y cawn ddigon o olau dydd i ddarllen print llwyd y papur. Eisteddais â'm cefn at y cwsmeriaid eraill, gan nad oedd yno neb oedd yn gyfarwydd i mi, beth bynnag. Yn ôl fy arfer, llonydd oedd yr unig beth a geisiwn.

Ond prin y cefais gyfle i roi clun i lawr.

'Mr Davies?… Mr Maldwyn Davies?'

Doeddwn i ddim wedi'i glywed yn dod. '*Davis*, ia!' medda finna dros ysgwydd, i gywiro'r ynganiad gor-Gymreig, ac yn ddig braidd o gael fy styrbio.

'Euros Parri!' meddai'r llais, fel ffordd o gyflwyno'i hun. 'Parri efo *i*!' ychwanegodd, â gwên lydan.

O fewn golwg imi rŵan, yn dal ei law allan i gael ei hysgwyd, safai gŵr ifanc oddeutu'r deg ar hugain oed. Yn ei law arall daliai wydryn hanner llawn o ddiod oren.

'… Pennaeth Adran y Gymraeg yn yr ysgol uwchradd, yma yn Abercodwm,' eglurodd. 'Fyddech chi'n meindio 'tawn i'n ymuno â chi am funud neu ddau?'

Eistedd gyferbyn â mi wnaeth o, a hynny cyn disgwyl ateb, ac rwy'n cofio mai anghwrtais o lipa oedd fy ngafael i yn ei law.

'… Ro'n i'n *meddwl* mai chi oeddech chi pan ddaru chi gerdded i mewn!' medda fo wedyn, gan amneidio at ddrws y caffi.

'Ia, fi ydw i!' medda finna efo cysgod gwên. 'Mi alla i eich sicrhau chi o hynny.'

Chwarddodd yn iach wedyn a fedrwn i ddim peidio â chymryd at y dyn.

Cyrhaeddodd fy nghwpanaid o *espresso* dilefrith a thawelodd yntau'n ddigon hir i'm gwylio yn cymysgu hanner llwyaid gofalus o siwgwr i dduwch y coffi.

'Mae'n siŵr eich bod chi'n meddwl be dwi'i isio?'

'Wel, dwi'n cymryd bod gynnoch chi reswm da…'

Drachtiodd gegiad o'i ddiod er mwyn cael amser, ro'n i'n amau, i bwyso a mesur ei eiriau nesaf. 'Ydw i'n iawn, Mr… ym… Davis, i feddwl mai un o Gwmcodwm ydach chi'n wreiddiol?' Fe oedodd ddigon i'm gweld i'n nodio fy mhen i gytuno. '… Ond eich bod chi wedi treulio blynyddoedd yn gweithio yn Lloegr? Ac mai artist ydach chi?'

'Weeel, nid yn hollol!' meddwn innau, i'w gywiro, a sylwi ar gwmwl bychan o siom yn neidio i'w lygaid yn syth. 'Wel, nid y math o artist rydach chi yn ei dybio, dwi'n amau,' meddwn i wedyn. 'Artist diwydiannol, yn hytrach.'

'A!' Roedd y diddordeb yn ôl yn ei lais. '*Graphic designer*, felly? Llunio hysbysebion ac ati… ar gyfer posteri neu deledu masnachol, falla?'

'Weeel, nid yn hollol,' meddwn i wedyn, yn ailadrodd fy hun. 'Yr hyn mae *graphic designers* yn ei wneud fwyaf ydi dewis a dethol deunydd… lluniau, diagramau ac ati… o wahanol ffynonellau a dod â'r rheini at ei gilydd wedyn i'w cysodi at bwrpas arbennig, megis creu hysbysebion ac yn y blaen. Roedd y gwaith roeddwn i'n arfer ei wneud yn gofyn am sgìl wahanol. Arlunio mewn dull arbennig ar gyfer y farchnad eiddo oedd fy ngwaith i am flynyddoedd lawer. Troi cynlluniau pensaernïol dau ddimensiwn yn lluniau deniadol tri dimensiwn, fel bod darpar gwsmeriaid yn cael gweld sut y byddai adeiladau yn edrych ar ôl iddyn nhw gael eu codi. Tai preswyl, adeiladau cyhoeddus… y math yna o beth! *Artistic impression* ydi'r enw ar y peth. Ond dwi wedi rhoi'r gorau i'r gwaith hwnnw ers o leiaf ddeng mlynedd ar hugain, yn broffesiynol o leiaf. Pam ydach chi'n holi, beth bynnag?'

'Ym!… Thema cwrs Blwyddyn Saith y tymor yma ydi "Galwedigaethau" a dwi wedi gwahodd nifer o bobol hŷn yr ardal, rhai sydd bellach wedi ymddeol, i ddod i'r ysgol i sôn am y gwaith y buon nhw'n ei wneud yn ystod eu hoes, gan roi sylw arbennig i'r gwahaniaeth rhwng ddoe a heddiw, a'r newidiadau maen nhw wedi'i weld dros y blynyddoedd…'

Ro'n i'n awyddus i'w wrthod hyd yn oed cyn i'r cais gael ei wneud, ond ches i mo'r cyfle.

'... Rydw i eisoes wedi llwyddo i gael plismon a phostmon ac mae'r hen Ddoctor Jôs wedi cytuno i ddod atom ni y tro nesaf, i rannu rhai o'i brofiadau – y dwys a'r digrif – efo'r plant. A rhyw obeithio'r oeddwn i y byddech chitha'n barod i sôn am eich gyrfa chi, a rhannu hefyd rai o'ch atgofion cynnar am bentre Cwmcodwm. Chi ydi'r unig un ar fy rhestr sy'n wreiddiol o'r pentre. Dieithriaid ydi'r rhan fwyaf o drigolion fan'no bellach, fel y gwyddoch chi, mae'n siŵr, a'r mwyafrif o'r rheini yn ddyfodiaid cymharol ddiweddar.'

'Na. Diolch am ofyn, Mr Parri, ond bydd raid imi wrthod, mae gen i ofn...'

Rwy'n cofio crafu'n daer am esgus boddhaol dros wneud hynny.

'... Dwi'n siŵr bod digon o rai eraill mwy cymwys na fi i ddod i siarad efo'ch criw Lefel A chi. Rhywun efo gwell Cymraeg na fi, yn reit siŵr.'

Chwerthin wnaeth o. 'Na. Blwyddyn Saith ydi blwyddyn gyntaf yr ysgol uwchradd,' eglurodd, mewn llais lladd pryder. 'Plant deuddeg oed!... Ac, os ca i ddeud,' medda fo wedyn, 'mae eich Cymraeg chi'n rhyfeddol o raenus, o ystyried eich bod chi wedi treulio'r rhan fwyaf o'ch oes dros y ffin. A gyda llaw, mae Adran Dechnoleg yr ysgol yn cydweithio efo ni ar y prosiect trwy ffilmio a recordio pob un o'r sgyrsiau, a byddwch chitha'n derbyn copi DVD o'ch sgwrs.'

Dal i chwilio am ddihangfa oeddwn i, serch hynny. 'Beth am Thomas Price, Llechwedd Isa?' meddwn i'n obeithiol. 'Mae o yr un oed â fi yn union ac wedi byw yn Cwmcodwm ar hyd ei oes, a dwi'n siŵr y byddai'r plant wrth eu bodd yn cael clywed ffarmwr yn sôn am ei waith.'

Bu clywed hynny yn achos difyrrwch iddo hefyd. 'A deud y gwir wrthoch chi, Mr Davis, fo, Thomas Price, ddaru awgrymu'ch enw chi. Deud eich bod chi wedi byw bywyd llawer mwy amrywiol a diddorol na fo.'

Roedd clywed hynny yn achos syndod imi, waeth cyfaddef ddim! Sut bynnag, o gael fy ngyrru i gornel, cytuno fu raid i mi yn y diwedd. A dyna sy'n egluro'r ddisg DVD yn fy llaw y funud yma ac arni'r teitl 'Atgofion Mr Maldwyn Davis, Plas Dolgoed, Cwmcodwm'.

Pur wahanol ydi cynnwys yr ail ddisg, ond i Euros Parri mae'r diolch amheus am honno hefyd oherwydd, ar ôl fy nghael i gytuno i un peth, fe aeth ymlaen wedyn fel llong lawn hwyliau i ofyn am ffafr arall.

'Dwi hefyd yn digwydd bod yn un o dîm golygyddol *Cadwyn Codwm*, ein papur bro, ac mi fydden ni'n gwerthfawrogi cyfraniad gennych chi, rywbryd neu'i gilydd, i'n colofn fisol 'Trem yn Ôl' sy'n cofnodi hanes yr ardal trwy lygaid gwahanol bobl. Am resymau amlwg, fedrwn ni ddim gofyn i fawr o neb arall yng Nghwmcodwm, gan mai dieithriaid ydi'r mwyafrif sy'n byw yno, bellach. A pheidiwch â phoeni,' medda fo, fel petai'n darllen fy meddwl ac yn synhwyro'r gwrthodiad oedd ar ddod, 'os oes angen… a dwi'n amau hynny… fe wna i gywiro'r iaith, a chyfieithu o'r Saesneg hefyd pe bai raid.'

'Erthyglau ar Hanes Pentref Cwmcodwm trwy air a llun gan Mr Maldwyn Davis, Plas Dolgoed'. Dyna bennawd yr ail ddisg. Ia, *erthyglau*, sylwch! Oherwydd dros y misoedd nesaf fe aeth un erthygl yn ddwy, a dwy yn dair ac yn… chwech i gyd.

'Atgofion Mr Maldwyn Davis, Plas Dolgoed, Cwmcodwm'

Cyn rhoi'r ddisgen i droi, dwi'n tywallt cropar hael o frandi i'r gwydryn sy'n nythu'n gynnes barod yng nghwpan fy llaw.

Pump ar hugain o blant yn gynulleidfa amharod, a fi – gŵr gwadd oedd yr un mor gyndyn ei bresenoldeb – yn sefyll o'u blaen i gael fy nghyflwyno gan yr athro.

Mae'n anodd atal gwên o embaras wrth i'r profiad ddod yn fyw imi eto ar y sgrin.

'Wel nawr, 'ta, blant!' Wyneb Euros Parri. 'Rydan ni'n ffodus iawn pnawn 'ma o gael Mr Maldwyn Davis o Blas Dolgoed, Cwmcodwm, aton ni i ddweud tipyn o'i hanes; hanes ei yrfa fel arlunydd diwydiannol, a thipyn o'i atgofion hefyd, gobeithio, am ei blentyndod ym mhentref Cwmcodwm, tua thri chwarter canrif yn ôl, bellach. A mae o am neud hynny, fel dwi'n deall, trwy ddangos cyfres o luniau o'i waith ei hun, lluniau yn enghreifftio ei alwedigaeth fel arlunydd a hefyd lluniau o ardal Cwmcodwm ers talwm... O! A rhag i mi anghofio, gair i'ch atgoffa chi y bydd yr Adran Dechnoleg yn recordio'r cyfan fydd yn cael ei ddeud a'i ddangos...'

Rwy'n ei weld eto rŵan yn pwyntio i wahanol gyfeiriadau, tuag at leoliad y tri chamera sydd yn y stafell, un ohonyn nhw'n canolbwyntio arna i, fel siaradwr gwadd, a'r ddau arall ar y plant eu hunain o ddau gyfeiriad gwahanol. Mae fy ngwên yn lledu wrth sylwi ar rywbeth na sylwais arno ar y pryd, sef y rhybudd cudd yn edrychiad ac yn llais yr athro – *Bihafiwch, neu gwae chi os cewch chi'ch dal ar gamera yn gwneud fel arall!*

'... ac os ydi Mr Davis yn fodlon, mi gewch gyfle i ofyn ambell gwestiwn iddo fo ar y diwedd. Cwestiynau call, wrth gwrs!'

Mae pawb, a finna i'w canlyn, yn chwerthin ac mae'r awyrgylch yn llacio.

'Pnawn da… ym!… blant!'

Embaras, hyd yn oed rŵan, ddeunaw mis yn ddiweddarach, ydi ail-fyw'r nerfusrwydd hwnnw o flaen y dosbarth. Dyn fel fi, yn ei oed a'i amser, sydd wedi arfer trin a thrafod busnes efo pobol ar bob lefel, ar hyd ei oes, a'i lais rŵan yn baglu wrth gyfarch criw o blant deuddeg oed sydd dan warchae.

'Pnawn da, Mr Davis!' O leia dyna oedd yr ymateb a ddisgwyliwn ond, yn lle hynny, dim ond môr o wynebau bach didostur, a mwy na'u hanner, yn amlwg, yno'n groes i bob ewyllys ac awydd.

'… Ym! Dyma'r math o waith roeddwn i'n arfer ei wneud.' A dwi'n pwyntio at y llun cyntaf ar y sgrin wrth f'ymyl. Llun o gynlluniau pensaernïol manwl – cymhleth iawn iddyn nhw yn reit siŵr – o ganolfan siopa newydd sbon oedd i gael ei chodi, rywbryd yn wythdegau'r ganrif ddiwethaf, yn nhref Telford yn Lloegr. 'Nid fi wnaeth y cynlluniau yma wrth gwrs,' medda fi. 'Gwaith pensaer… *architect*… welwch chi yn fa'ma. Fy ngwaith i, fel artist, oedd creu llun tri dimensiwn o'r cynlluniau, i ddangos ymlaen llaw sut y byddai'r peth yn edrych ar ôl cael ei orffen.'

Wrth imi bwyso botwm ar y teclyn yn fy llaw, mae llun y cynlluniau yn diflannu a'r llun o'm gwaith i yn cymryd ei le. Mae un neu ddau o wynebau yn dangos mymryn o ddiddordeb ond parhau i syllu'n ddiddeall a digon diflas mae'r mwyafrif.

'… Hynny ydi, holl bwrpas y gwaith ro'n i'n ei wneud oedd helpu i werthu syniadau'r penseiri i'r cwsmeriaid, pwy bynnag oedd y rheini'n digwydd bod. Dod â'r cynlluniau yn fwy byw iddyn nhw, os liciwch chi…'

Dwi'n gwrido, rŵan, wrth i gamera'r Adran Dechnoleg unwaith eto ganolbwyntio ar lond dosbarth o ddiflastod pur. Serch hynny, baglu ymlaen dwi'n ei wneud am eiliadau hir eto.

'... Roedd yn rhaid i mi neud y lluniau i "scale", wrth gwrs, a'u gneud nhw mor ddiddorol â phosib. Er enghraifft, os oedd y cwmni yn cynllunio stad newydd o dai preifat, yna roedd yn bwysig denu darpar gwsmeriaid trwy ddangos sut y byddai pob tŷ yn edrych ar ôl iddo gael ei adeiladu. Ac, fel y gwelwch chi, dangos hyd yn oed lle y byddai ambell goeden yn cael ei phlannu ar y stad.'

Ond dydi'r lluniau yma chwaith ddim yn llwyddo i ennyn diddordeb y plant ac mae Euros Parri, diolch iddo, yn sylwi ar fy anghysur ac yn camu i'r adwy.

'Diddorol iawn, Mr Davis. Ac mae safon eich gwaith chi yn anhygoel os ca i ddeud. Mae'n amlwg eich bod chi'n artist arbennig iawn. Dwi'n deall eich bod chi wedi bod yn brysur iawn, ers dychwelyd i Gwmcodwm i fyw, yn darlunio gwahanol olygfeydd o'r pentref fel ag yr ydach chi'n eu cofio nhw, bron dri chwarter canrif yn ôl?'

Cynnig llwybr newydd imi mae o, wrth gwrs, a dwi'n gweld fy hun yn neidio am fy nghyfle.

'Wel, ia. Yng Nghwmcodwm y cefais i fy ngeni a'm magu, yn ôl yn nhri a phedwar degau'r ganrif ddiwetha. Sgwn i fedar un ohonoch chi egluro'r enw "Cwmcodwm"?'

Mae llaw i fyny'n syth. 'Am fod pawb sy'n byw yno yn meddwi ac yn syrthio ar eu ffordd adra o'r pyb. Dyna mae Dad yn ddeud, beth bynnag.'

Mae'r storm o chwerthin yn llacio'r tyndra ac yn rhoi cyfle i minnau ymlacio fymryn. Dwi'n gweld fy hun eto'n gwenu.

'Falla bod rhywfaint o wir yn hynny, 'machgian i, ond wedi cael ci enwi ar ôl yr afon mae Cwmcodwm. Fel y dref yma hefyd, wrth gwrs… Abercodwm! Dyma ichi lun wnes i'n ddiweddar o afon Codwm ar ôl glaw mawr.'

Mae'r llun yn dangos nifer sylweddol o fân raeadrau gwynion wrth i'r afon godymu ei ffordd i lawr llethrau'r Foel, heibio'r chwarel fel ag yr oedd honno'n arfer edrych yn y dyddiau a fu, yn hytrach nag fel ag y mae hi erbyn heddiw efo Natur yn prysur hawlio'r tomennydd yn ôl. Nid llun llawn lliw mewn olew, na dyfrlliw chwaith, ond gwaith pwyntil tebyg o ran dull i'r hyn y bûm yn ei wneud wrth fy ngwaith bob dydd dros y blynyddoedd, efo mymryn o liw ysgafn wedi'i ychwanegu yma ac acw.

'… A dyna ichi sut y cafodd hi'r enw Codwm, am ei bod hi'n disgyn a disgyn i lawr ochr y Foel, cyn cyrraedd llawr y Cwm.'

O fod wedi cael eu sylw o'r diwedd, dwi'n mynd ymlaen i ddangos rhagor o luniau o'r pentref fel ag yr oedd o yn ystod fy mhlentyndod i – Stryd Quarry Bank fel yr arferai honno fod yn yr hen ddyddiau, cyn iddi gael ei dymchwel yn llwyr i wneud lle erbyn heddiw i res o bedwar byngalo o fewn gerddi helaeth… yr ysgol gynradd yn yr 1940au… Pistyll Gwyn a phelydryn o haul yn gloywi'r dŵr y bydden ni'n ymdrochi ynddo ers talwm… tafarnau Cwm a Cwm Bach (Comeback Arms yn iaith brodorion heddiw, a hynny oherwydd rhyw eglurhad gwirion yn ystod y blynyddoedd diwethaf – gan berchennog y Kwm Arms Hotel, synnwn i ddim! – bod yr hogiau lleol oedd ar eu ffordd adre o'r Rhyfel Mawr wedi anelu am fan'no'n gyntaf yn hytrach nag am eu cartrefi!)… yr eglwys a'i mynwent daclus, fel yr arferai honno edrych, ac efo'r maen coffa urddasol yn ei chornel bellaf... Capel Tabernacl y Methodistiaid cyn i hwnnw gael ei ddymchwel a Chapel Bach Bethania'r Annibynwyr sy'n dŷ haf moethus o fewn ei dir ei hun erbyn heddiw... Siop gornel Jane Ann; honno ond yn un o'r siopau-bach-parlwr-ffrynt oedd yn britho'r pentref yn y dyddiau hynny... gweithdy a iard goed Isaac Morris y saer... stablau Thomas Jones y Glo efo'r drol yn pwyso'n wag ar ei llorpiau... Casgliad o atgofion hiraethus am oes a fu; oes fodlon, er gwaetha'i thristwch mynych a'i thlodi llethol. Gwynfyd trwy lygad plentyn!

'Rydan *ni*'n mynd i fyw i fan'na!...'

Llun o'r pentref cyfan, fel ag yr arferai fod, sy'n llenwi'r sgrin gen i erbyn hyn, a hwnnw'n edrych i lawr o uchder lawnt y Plas. Mae un o genod y dosbarth wedi codi a chamu ymlaen i osod bys cynhyrfus ar Rif 2 Glanrafon.

'... Mae Dad yn mynd i neud y tŷ yn lot mwy, medda *fo*.'

'O? A faint o deulu ydach chi, felly?'

'Mam a Dad a fi ac Owain a Rhys. Efeilliaid ydyn *nhw*. Dim ond tair llofft sydd yno. Mae Dad yn deud y byddwn ni isio mwy.'

Anodd peidio â gwenu rŵan wrth gofio bod criw o ddeuddeg wedi byw yn ddigon hapus yn Rhif 2 Glanrafon yn y dyddiau a fu, a hynny pan nad oedd ond dwy lofft yno. A gwenu'n fodlonach o ddeall bod teulu o Gymry Cymraeg ifanc ar fin symud i'r pentref!

'Yn y Plas dach *chi*'n byw, yn de?'

Mae'r camera wedi darganfod y sawl sy'n gofyn y cwestiwn. Crwtyn gwalltgoch, tua chefn y dosbarth.

'Ia. Dyma ichi lun dwi wedi'i neud o'r tŷ.' A dwi'n hanner troi at y sgrin. 'Dyma fel roedd o'n edrych pan oeddwn i tua'ch oed chi.'

'Ond ddim fel'na mae o rŵan, nace?' Yr un llais eto. 'Dydi'r waliau ddim yn wyn, rŵan!'

'Na. Dyna sut roedd o'n edrych gan mlynedd yn ôl, pan oedd fy nhad yn ifanc. Fel hyn mae o'n edrych erbyn heddiw.'

Mae gwyrdd yr eiddew yn y llun nesaf yn dywyllach... yn dduach, os rhywbeth... nag a fwriadodd Natur iddo fod erioed. Ai bwriadol oedd hynny gen i, 'ta be? Falla wir!

'Sbŵci!' meddai rhywun ac mae'r meicroffonau wedi codi sŵn cytuno gweddill y dosbarth.

'Ydi o'n wir bod 'na *ghost* yno?'

Dwi ar fin gwadu'r stori ond mae Euros Parri yn torri ar fy nhraws. 'Rydan ni ar ganol darllen cyfrol o straeon ysbryd ar hyn o bryd, Mr Davis,' medda fo efo winc cyflym, 'ac mae'r dosbarth wedi bod yn trafod a oes y fath beth ag ysbrydion ai peidio. Mae Ysbryd Plas Dolgoed yn enwog drwy'r ardal, wrth gwrs, ond fe wyddom ni o'r gorau mai...' – winc sydyn eto – '... ffrwyth dychymyg ydyn nhw i gyd. Ond efallai y carech chi ddweud hanes Ysbryd y Plas wrthon ni.'

Dwi'n cofio meddwl ar y pryd: *O'r diwedd dyma rywbeth i ddal eu diddordeb nhw.* Ac mor falch oeddwn i o'r cyfle i droi at destun oedd yn apelio.

'Faint ohonoch chi sy'n credu mewn ysbrydion?' medda fi, a gweld fforest o freichiau eto'n codi o fy mlaen. Dim ond rhyw dri neu bedwar o'r hogiau mwyaf, a'r cochyn yn eu mysg, sy'n ysgwyd pen ac yn edrych yn ddilornus o'u cwmpas.

'... Wel, mae stori Ysbryd Dolgoed yn un hen iawn ac yn mynd yn ôl i adeg y Rhyfel Byd Cyntaf. Wyddoch chi pryd oedd hynny?'

'Gan mlynadd yn ôl,' meddai rhywun.

'Ia,' meddai rhywun arall. 'Yn 1918 ddaru hi orffan. Can mlynadd i fis Tachwedd nesaf.'

'Wel, roedd gan yr Hen Sgweiar... dyna oedd pawb yn galw'r dyn oedd yn byw yn y Plas bryd hynny... un mab, a phan ddaeth hwnnw i oed mynd i'r rhyfel, fe enlistiodd a chael ei anfon i Ffrainc ac o fan'no i...'

'I'r Royal Welch Fusiliers, medda Taid.'

'Ia. Mae dy daid yn llygad ei le,' medda finna a chynhesu i'r stori. 'Fe gafodd ei yrru i ardal Ypres yng Ngwlad Belg...'

'Fel Hedd Wyn.'

'Ia, ond bod Hedd Wyn wedi'i ladd flwyddyn ynghynt, wrth gwrs. Sut bynnag, mis Mehefin 1918 oedd hi pan gafodd o ei ladd ond, fel miloedd o rai tebyg iddo, does neb yn gwybod yn iawn hyd heddiw ymhle mae o wedi'i gladdu na sut yn union, chwaith, y cafodd o ei ladd. A deud y gwir does neb yn siŵr a oes ganddo fo fedd o gwbwl.'

'Felly, ei ysbryd o... ysbryd y mab... sy'n aflonyddu ar y Plas, Mr Davis?' Yr athro sydd yn gofyn, er mwyn gwthio'r stori yn ei blaen.

'Nage wir, Mr Parri. O leia, nid dyna oedd hen drigolion y Cwm yn ei gredu...'

Dwi'n gweld fy hun yn oedi'n ddramatig rŵan, er mwyn cael amser i benderfynu faint yn union o'r hanes i'w ddweud wrth y plant.

'... Deud oedd yr hen bobol bod ysbryd yr Hen Sgweiar, ac un ei wraig hefyd, o bosib, wedi cael ei weld yn ffenest un o'r llofftydd... llofft y mab... fel 'taen nhw'n disgwyl iddo fo ddod adre'n ôl i'r Plas unrhyw funud.'

'Crîpi!' meddai rhywun ac unwaith eto mae eraill i'w clywed yn cytuno.

'Rhaid eu bod nhwtha wedi marw hefyd felly,' meddai'r

cochyn yn heriol, 'neu fasan nhw ddim yn ysbrydion.'

'Do, fe fuon nhw farw'n fuan iawn wedyn. Ym!… Marw o dristwch ar ôl colli eu mab, yn ôl y stori. Mae'n debyg bod y ddau wedi nychu… ym!… wedi mynd yn sâl ac wedi marw o fewn rhyw flwyddyn neu ddwy, os cofia i y stori'n iawn.'

Ro'n i'n hanner disgwyl i un ohonyn nhw dorri ar fy nhraws, i'm cywiro, ac i ddweud nad dyna'r stori roedden nhw wedi'i chlywed, sef mai lladd eu hunain a wnaeth yr Hen Sgweiar a'i wraig ac nid marw o salwch cyffredin. Ond rhaid nad oedden nhw wedi clywed fersiwn wir y stori, sef bod cyrff y ddau riant wedi cael eu darganfod yn crogi ochr yn ochr, oddi ar un o goed y Plas a hynny, fel y cefais brofi ddoe ym mynwent yr eglwys, union ddwy flynedd ar ôl i'w mab gael ei ladd.

'Ydach chi wedi'u gweld nhw? Gweld yr ysbrydion?'

Wrth ailwylio'r digwyddiad, dwi'n sylwi rŵan fy mod i wedi oedi cyn ateb.

'Dwi'n byw yn y Plas ers blwyddyn a hanner a dydw i ddim wedi gweld dim byd tebyg i ysbryd, diolch i'r drefn!'

Mae sawl 'Ooo!' siomedig i'w chlywed gan yr hogiau, cystal ag awgrymu mai stori sâl ar y naw oedd stori Ysbryd Plas Dolgoed wedi'r cyfan.

'Nid pawb sy'n gallu gweld ysbrydion, wrth gwrs! Na'u clywed nhw chwaith, o ran hynny. Pan o'n i'n blentyn, tua'ch oed chi rŵan, roedd llawer o sôn am rywun oedd wedi cael ei dychryn yn ofnadwy gan Ysbryd y Plas. Un o'r morynion oedd honno. Roedd yr Hen Sgweiar a'i wraig yn arfer cadw dwy forwyn, i lanhau a golchi a gneud bwyd ac ati… ac roedd disgwyl iddyn nhw gysgu i mewn a rhannu'r un llofft. Sut bynnag, rhaid ei bod hi wedi cael ei dychryn yn ddifrifol iawn i roi'r gorau i'w gwaith fel'na.'

Dwi'n sylwi eto rŵan ar y distawrwydd llethol sydd wedi cydio yn y dosbarth.

'Be welodd hi, felly?' Llais y cochyn.

'Doedd hi ddim yn fodlon deud wrth neb, mae'n debyg. Ddim yn medru, o bosib, oherwydd ei bod hi wedi dychryn cymaint ac wedi colli'i lleferydd yn llwyr. Yn ôl y stori, roedd hi'n methu peidio crynu ac roedd ei gwyneb hi'n glaer-ulw-wyn fel... fel y –'

'Fel ysbryd, mae'n siŵr.' Llais clyfar y cochyn eto, ond does neb yn cymryd sylw ohono y tro yma.

'... *fel y galchen* o'n i'n mynd i'w ddeud. Sut bynnag, rhaid ei bod hi wedi dychryn yn ofnadwy i roi'r gorau i'w gwaith fel'na. Rhaid i chi gofio bod hwnnw'n gyfnod tlawd iawn, a chyfnod anodd iawn hefyd i gael gwaith, yn enwedig i ferched.'

'Be ddigwyddodd iddi wedyn?'

'Mi ddiflannodd hi o'r pentre yn fuan iawn wedyn, yn ôl pob sôn. Roedd rhai yn deud mai Ysbryd y Plas oedd wedi dod i'w nôl hi...'

Fel minnau ar y pryd, mae'r camera hefyd wedi sylwi ar y dychryn ar rai o wynebau'r dosbarth ac rwy'n cofio difaru fy mod i wedi mynd â'r stori yn rhy bell.

'... Ond be sy'n rhyfedd ydi nad oedd y forwyn arall wedi gweld na chlywed dim byd o gwbwl, er bod y ddwy yn rhannu'r un llofft.'

'Ddim ysbryd yr Hen Sgweiar sy'n hôntio'r Plas, felly,' meddai'r cochyn yn ei Gymraeg gorau.

'Nage, mae'n rhaid!' medda finna, yn dilyn ei resymeg.

'Be ydi'r *statue* sydd i'w weld yn eich llun chi, 'ta?'

'Mae hwnna'n sefyll ar ganol y lawnt o flaen y Plas. Cerflun o fab y Sgweiar mewn… *bronze?*' Dwi'n troi at yr athro am help.

'Efydd,' meddai hwnnw.

'Ia, efydd,' medda finna. 'A sylwch ei fod o'n gwisgo iwnifform ac yn cario reiffl dros ei ysgwydd a gwn arall wrth ei wregys.'

'Mae o fel tasa fo'n cerdded adra.' Sylw un o'r merched y tro yma.

'Ydi. A dyna oedd syniad y cerflunydd, mae'n debyg. Ei ddangos ar ganol cam ac yn wynebu'r Plas, fel 'tae o'n brysio i gyrraedd adre'n ôl. A sylwch fel mae ei gi yn rhuthro i'w gyfarfod…'

Yn union o flaen y milwr mae cerflun o gi mawr danheddog wedi codi ar ei draed ôl.

'Mynd i'w frathu fo mae o?'

'Nage wir. Dangos croeso mawr mae'r ci am ei fod o mor falch o weld ei ffrind yn dod yn ôl o'r rhyfel. Graham Brody oedd enw'r mab, gyda llaw, a chyn iddo fo fynd i ffwrdd efo'r fyddin roedd o a'i gi yn ffrindiau mawr, a bob amser yng nghwmni'i gilydd.'

Doeddwn i ond yn ailadrodd yr hyn a glywais fwy nag unwaith gan fy nhad. Er enghraifft, fe allwn fod wedi ychwanegu mai tipyn o fwli oedd mab y Plas pan oedd o'n iau, yn enwedig ar ôl i'w dad brynu ci mawr iddo fo ar ei ben blwydd yn ddeuddeg oed. Rhyw bedair blynedd yn hŷn na fy nhad oedd Graham Brody, mae'n debyg, ac er ei fod yn medru siarad Cymraeg clapiog, dewis peidio wnâi o. 'Ar ôl cael y ci – Alsatian du bitsh anferth o'r enw Satan, yn ôl disgrifiad yr hen ddyn, fy nhad – mi fydda fo'n dod i lawr i'r pentre i'n dychryn ni trwy hysian y ci arnon ni, nes bod hwnnw'n coethi ac yn tynnu'n wyllt ar ei dennyn. A'r Graham gwirion 'na yn cael hwyl wrth ein gweld ni i gyd yn dychryn am ein bywydau, a'r merched yn crio. Petasai'r bwystfil yna wedi torri'n rhydd o'i afael o, yna mi alla fo'n hawdd fod wedi lladd un ohonom ni.'

Fe allwn fod wedi ychwanegu'r gred bod ysbryd y ci hefyd yn aflonyddu ar y Plas a bod rhai – a minnau yn eu mysg! – wedi ei glywed yn cyfarth ac yn tynnu'n lloerig ar ei gadwyn.

'Pam bod y *statue* mor wyrdd? Nid fel'na mae *bronze medals* yn edrych yn yr Olympics.'

'Dyna sy'n digwydd i'r metal dros amser. Hynny ydi, mae'r copr sydd yn yr efydd yn troi'n wyrdd.'

'Sbŵci!' meddai rhywun eto a dwi'n ymwybodol bod fy newis i o wyrdd yn y llun yn llawer tywyllach na'r hyn y dylai fod mewn gwirionedd, a bod ci'r cerflun yn debyg iawn ei liw i'r ci du gwreiddiol.

'Ond sylwch ar y cap mae o'n wisgo,' medda fi, er mwyn troi'r stori. 'Nid cap milwr cyffredin ydi hwnna ond cap swyddog. Cap Lance Corporal. Mae'n debyg ei fod o wedi cael ei ddyrchafu yn fuan ar ôl iddo groesi i Ffrainc. Gwaith pob Lance Corporal oedd cadw golwg ar adran fechan o filwyr, gofalu eu bod nhw'n gneud eu dyletswyddau ac yn y blaen ac am hynny roedd o'n cael gwisgo un streip ar ei lawes. Ei le fo oedd eu harwain nhw i'r frwydr.

'… Sut bynnag, ar ôl clywed bod ei fab wedi cael ei ladd, roedd yr Hen Sgweiar, yn ôl y sôn, yn mynd o gwmpas y pentre yn deud wrth bawb bod ei fab yn arwr, ei fod o wedi ennill Croes Fictoria – y Victoria Cross – am ei ddewrder yn arwain ei ddynion "dros y top", fel y bydden nhw'n deud, a'i fod o wedi cael ei ladd efo bwled i'w gefn wrth iddo fo drio achub bywyd un o'i filwyr clwyfedig tra oedd o'n cario hwnnw'n ôl i ddiogelwch.'

'Roedd o'n *hero*, felly!'

'Oedd, yn ôl ei dad, ac yn mynd i dderbyn y Victoria Cross am ei wrhydri. A dyna sydd wedi'i gerfio ar y pedestal o dan y cerflun: LANCE CORPORAL GRAHAM BRODY VC 1899–1918 HERO OF THE GREAT WAR. Ond fu dim sôn am unrhyw fedal ar ôl hynny, i mi fod yn gwybod beth bynnag, oherwydd roedd yr Hen Sgweiar a'i wraig wedi marw'n fuan wedyn; y ddau'n marw ar yr un diwrnod.'

'Mae hynna'n fwy sbŵci o lawer na stori'r ysbryd.'

Ia, barn y cochyn, eto, a fo sy'n cael y gair olaf.

Mae ei agwedd feiddgar yn mynd â fi'n ôl rŵan i'm dyddiau ysgol fy hun. Pe bawn *i*, neu unrhyw un arall o'm cyfoedion, wedi cymryd y fath hyfdra o dorri ar draws yr athro, heb sôn am dorri ar anerchiad siaradwr gwadd, a hynny cyn derbyn caniatâd i wneud hynny, yna mi fyddwn i wedi cael fy nisgyblu'n llym o flaen pawb. 'Diolch bod plant heddiw yn cael eu trin yn fwy gwaraidd nag oedden ni.' Dyna sy'n mynd trwy fy meddwl i rŵan, yn sŵn cloch-diwedd-y-wers, ac wrth weld dosbarth Euros Parri yn rhuthro i ddianc o ddiflastod fy nghwmni.

Mewn sgwrs cyn gadael yr ysgol, rwy'n cofio imi sôn wrth yr athro mor falch oeddwn i o glywed bod teulu o Gymry Cymraeg yn bwriadu symud i Stryd Glanrafon i fyw.

'Mi fyddan nhw'n griw gwerth chweil i'w cael yn y gymuned!' meddai hwnnw. 'A dwi'n deall bod y fam yn chwilio am le i agor ysgol feithrin Gymraeg, rywle yn y cylch. Yn ôl pob sôn, mae amryw o rieni ifanc y dre 'ma yn edrych ymlaen at gael anfon eu plant yno.'

'Hanes Pentref Cwmcodwm trwy air a llun gan Mr Maldwyn Davis, Plas Dolgoed'

Hanner dwsin o erthyglau sydd ar y gryno-ddisg, a'r rheini wedi eu sganio oddi ar dudalennau *Cadwyn Codwm* a'u lawrlwytho ar raglen pdf, diolch i Euros Parri. Ar y dudalen gyntaf, mae wedi rhestru penawdau'r gwahanol erthyglau –

1. Pentref Cwmcodwm yn y 40au
2. Ychydig atgofion am fy mywyd cynnar
3. Yr Heretig Mawr a rhai o gymeriadau eraill y Cwm
4. Gadael ysgol a dechrau ennill cyflog
5. Ysbryd Plas Dolgoed
6. Cwmcodwm heddiw.

Af i ddim i'r drafferth o ddarllen pob erthygl eto, wrth gwrs, ond fe daflaf olwg dros rai ohonyn nhw, yn enwedig y drydedd erthygl, a hynny oherwydd y pryder ro'n i'n ei deimlo wrth gyflwyno honno i sylw Euros Parri a'r tîm golygyddol. 'Mae'r bobol dwi'n eu henwi i gyd wedi marw erbyn heddiw, dwi'n gwybod, ond beth pe bai un o'u teulu yn penderfynu dod ag achos llys yn f'erbyn i, neu yn erbyn y papur?' Teulu Morris Jones Glanrafon oedd gen i mewn golwg, wrth gwrs, ond chwerthin wnaeth Euros ar ôl darllen, a gwneud yn fach wedyn o'm pryderon. Doedd o'n gweld dim problem, medda fo. Sut bynnag, yn unol â'i addewid, fe aeth ati i chwynnu ac i roi gwell graen ar y cyflwyniad ac i awgrymu'r is-bennawd dwi'n edrych arno rŵan:

Yr Heretig Mawr a rhai o gymeriadau eraill y Cwm
*(Pennod arall o atgofion difyr
Maldwyn Davis, Plas Dolgoed, Cwmcodwm)*

I gyd-fynd â'r atgofion, mae gen i lun pensel a siarcol o fy nhaid yn ei ddillad gwaith, a'r dillad, fel ei wyneb, yn llwyd gan lwch y chwarel.

Fel fy nhad, a'i dad yntau o'i flaen, i'r chwarel yr es innau hefyd ar ôl gadael ysgol yn bedair ar ddeg oed. Nid i weithio dan ddaear fel nhw, wrth gwrs, er y deuai peth felly ymhen blwyddyn neu ddwy, ro'n i'n gobeithio, ond yn hytrach i wneud gwaith rhybelwr bach yn y felin, yn rhawio rwbel naddu i wagen ar ôl wagen ddiddiwedd a gwthio trymder rheini wedyn, y naill ar ôl y llall, at ymyl y Domen Fach Isa i'w dadlwytho dros y crimp yn fan'no a gwrando ar ffrwyth fy llafur yn sgrialu'n flerwch rhydd unwaith eto i lawr y llethr.

Ar ôl hir edrych ymlaen at fyd gwaith a chwmnïaeth dynion go iawn, buan, serch hynny, y diflannodd y wefr o droedio Ffordd y Chwarel yng nghwmni'r chwarelwyr hŷn ac yn sŵn eu sgwrs. Buan hefyd y dois i osgoi cwmni y rhai mwy diwylliedig, am na allwn i ddeall na gwerthfawrogi eu diddordebau. Llyfrau a diwinydda oedd eu pethau hwy a mwy nag unwaith y clywais enw'r 'Heretig Mawr' yn cael ei grybwyll a'i ddifrïo. Pan holais fy nhad ynglŷn â hwnnw, gwenu wnaeth ef. 'Dy daid!' meddai. 'Fo maen nhw'n alw "Yr Heretig Mawr"!' 'Pam?' medda finna'n ddiddeall, oherwydd doedd Taid ddim yn fawr o gwbwl; dyn bychan ac ysgafn o gorffolaeth oedd o, ac yn hen iawn erbyn hynny, yn fy ngolwg i. 'Be ydi heretig, beth bynnag?' 'Dwyt ti ddim isio gwybod!' oedd ateb dig Mam o'r gegin ac fe roddodd hynny daw swta ar y sgwrs.

O fethu cael ateb i'm cwestiwn ac o grafu fy nghof, fe gofiais wedyn fy mod i wedi clywed y gair 'heretig' yn cael ei ddefnyddio rai blynyddoedd ynghynt, mewn ffrae a glywswn rhwng Taid a thri chwarelwr arall – dau ohonyn nhw'n flaenoriaid agos iawn i'w lle (yn ôl Mam!) a'r trydydd hefyd yn uchel ei barch yn y gymdogaeth. Roedden nhw wedi dod wyneb yn wyneb â Taid ar

Bont Codwm, yng nghanol y pentre, a minnau'n digwydd bod yn pysgota yn Pwll-dan-bont oddi tanynt, allan o olwg y pedwar ond o fewn clyw, serch hynny. Rhyw ddeg oed oeddwn i ar y pryd, rwy'n tybio, felly diwedd y pedwardegau fyddai hynny. Fe ddechreuais gymryd sylw o'u sgwrs pan glywais y lleisiau'n troi'n flin.

'Cywilydd arnoch chi, Gruffydd Davies! Mi fyddwch chi wedi dwyn melltith arnoch eich hun ac ar eich teulu am goleddu'r fath syniadau!'

'Pam, Morris Jôs?'

Llais Taid! Minnau'n glustiau i gyd, erbyn rŵan.

'... Am fy mod i'n ymwrthod â'ch syniadau cul chi am grefydd? Gair Duw ydi'r Beibil, meddech chi?'

'Ia, wrth gwrs hynny!'

A chlywais y ddau arall yn amenio pendantrwydd Moi Jôs Glanrafon, y pen-blaenor, ac yn twt-twtian wedyn at ryfyg Taid yn awgrymu'n wahanol.

'Eglurwch rai pethau i mi, 'ta... i'r un yr ydach chi mor barod i'w gondemnio fel "heretig". Mae llyfrau'r Beibil wedi cael eu sgrifennu gan amryw byd o wahanol bobol, ydyn nhw ddim?'

'Ydyn, ond roedd pob un yn siarad efo llais Duw. Proffwydi oedden nhw.'

'Proffwydi oedd yn rhoi clod i Dduw am ddifa llwyth yr Amaleciaid, er enghraifft? Neu'r un a yrrodd fyddin Ffaro o dan donnau'r Môr Coch?'

'Ia. Ffordd Duw oedd honno o warchod y rhai cyfiawn.'

'Sef cenedl etholedig yr Iddewon, decinî? Duw un genedl oedd O, felly? Duw didostur!'

'Mae Duw yn gwarchod pob un sy'n gyfiawn yn Ei olwg, Gruffydd Davies, a ddylech chi, o bawb, ddim cwestiynu penderfyniadau'r Hollalluog.'

'A Fo hefyd, dwi'n cymryd, efo help John Williams Brynsiencyn, wrth gwrs, y pregethwr a'r rhagrithiwr mawr ei hun, a laddodd yr holl filoedd o'n hogiau ifainc ni yn y Rhyfel Mawr, a fy mab i yn un ohonyn nhw?'

'Gwaith y Caisar oedd peth felly, Gruffydd Davies... gwas y Diafol... a dwi'n synnu atoch chi'n awgrymu'n wahanol.'

'Ond os ydi'ch Duw chi yn hollalluog, Morris Jones, yna pam na fedar o drechu'r Diafol hwnnw?'

Ro'n i'n clywed y lleill yn twt-twtian eto'n flin ond roedd Taid fel ci wedi cael gafael ar asgwrn.

'... Ac os ydw i'n eich deall chi'n iawn, roedd Iesu Grist yn gallu gneud majic hefyd. Cerdded ar wyneb y môr, troi dŵr yn win, codi o farw'n fyw a rhyw lol felly.'

'Majic i anffyddiwr fel chi, falla, ond gwyrthiau yng ngolwg pob Cristion.'

Dyna pryd y clywais esgidiau hoelion Taid yn gadael y bont yn ddig ac yna ei lais yn codi'n flin wrth iddo bellhau, cyn oedi eto.

'Yn groes i'r hyn yr ydych chi yn ei gredu, gyfeillion, rydw i *yn* ystyried fy hun yn Gristion ond nid Cristion yn ôl eich dehongliad catholig chi o'r gair. Mab Duw, meddech chi? Genedigaeth ddwyfol? Marw ac yna dod yn fyw o'r bedd? Peidiwch â disgwyl i bobol ifanc yr oes hon, sydd wedi profi erchyllterau dau ryfel byd a gwirioneddau bywyd a marwolaeth... peidiwch â disgwyl iddyn nhw gymryd eu twyllo gan ryw nonsens fel'na. Yn hytrach na llenwi eu pennau efo rhyw ffiloreg wirion, dysgwch iddyn nhw wir ddysgeidiaeth Crist, fel mae honno i'w chael yn y Bregeth ar y Mynydd. Gwnewch hynny ac mi fydd gwell gobaith o lawer ichi wneud Cristnogion go iawn ohonyn nhw, ac o greu byd mwy cymdogol, mwy heddychlon. Byd gwell, yn reit siŵr, na'r un y mae eich crefydd chi wedi'i greu.'

Doeddwn i erioed o'r blaen wedi clywed Taid yn siarad cymaint nac yn brwydro cymaint chwaith am ei anadl ac efo'r llwch oedd ar ei frest.

Yna, wrth iddo gerdded i ffwrdd, clywais ef yn gweiddi dros

ysgwydd, '... Trowch at y bymthegfed bennod o Lyfr y Barnwyr, gyfeillion, a holwch eich hunain ai dyna'r duw yr oedd Crist yn ei addoli, ac ai hwnnw ydi'ch duw chitha.'

A fo, Taid, a gafodd y gair olaf.

Ar ôl mynd adre, es i chwilio Beibl Mawr y teulu. Hanes duw yr Iddewon yn rhoi nerth i Samson allu difa mil o Ffilistiaid efo dim ond asgwrn gên asyn yn arf.

Anodd yw peidio gwenu heddiw wrth hel atgofion o'r fath a sylweddoli mai'r Heretig Mawr ac nid Mam, na Morris Jones Glanrafon, oedd yn iawn, wedi'r cyfan. Mi fyddai'n dipyn gwell byd arnom, rwy'n siŵr, pe bai pawb wedi gweld pethau yn yr un goleuni â Taid, yr holl flynyddoedd yn ôl.

Fe fu Taid farw yn fuan ar ôl hynny.

Gadael ysgol a dechrau ennill cyflog
(Pennod ddifyr arall o atgofion
Maldwyn Davis, Plas Dolgoed, Cwmcodwm)

Pedair blynedd yn Chwarel Cwm ac, er imi'n fuan gael gwaith amgenach nag un rhybelwr bach, ar ôl cael fy nerbyn yn bartner i Lei Thomas, cyfaill agos i fy nhad, i lawr yn y Twll, eto i gyd, erbyn 1956, a minnau erbyn hynny yn ddeunaw oed, ro'n i'n fwy na hapus o gael dianc o'r chwarel i orfodaeth dwy flynedd yn y lluoedd arfog. Ond nid mor fodlon wedyn, chwaith, o gael fy anfon i Ynys Cyprus yn enw'r Ymerodraeth Brydeinig falch, i geisio cadw'r heddwch yn fan'no, yn wyneb gwrthryfelwyr mor elyniaethus â'r Twrciaid a'r Groegiaid. Roeddwn yn rhy ifanc, ar y pryd, i ddeall gwleidyddiaeth y sefyllfa ond fe ddois i sylweddoli'n fuan iawn nad oedden ni, Brydeinwyr, yn boblogaidd o gwbwl yn y rhan honno o'r byd, nac mewn aml i ran arall ohono chwaith, pe bai'n dod i hynny. A rheswm da pam, wrth gwrs! Hyd heddiw, mae enw'r mudiad terfysgol yn dal i godi'r cryd arnaf ac enwau fel Grivas a Makarios ac eraill wedi eu hysgythru ar fy nghof am byth.

Es i ddim yn ôl i'r chwarel ar ôl cael fy nhraed yn rhydd o'r fyddin, nac i Gwmcodwm chwaith o ran hynny. Nid i fyw, o leia! Yn hytrach, bûm yn gweithio am gyfnod fel clerc bach yn Adran Gynllunio Cyngor Swydd Nottingham, nes cael gwaith mwy parhaol a phroffidiol wedyn efo cwmni Eden Construction yng Nghaerloyw.

Yr anhawster mawr a gefais wrth sgrifennu'r bennod hon yn fy hanes oedd penderfynu ymhle a sut i'w dirwyn hi i ben, rhag datgelu gormod o atgofion am yr hyn a ddigwyddodd imi wedyn; atgofion sy'n dal i fod yn rhy boenus a rhy bersonol i'w rhannu'n gyhoeddus.

Yn fy mlwyddyn gyntaf efo Eden Construction, a minnau ond newydd ddathlu fy un ar hugain oed, fe'm cipiwyd i, ganol nos ac yn wael iawn, i Ysbyty Standish yn Swydd Gaerloyw oherwydd bod coluddyn y pendics wedi byrstio a'r drwg ohono yn prysur wenwyno fy nghorff ac yn bygwth fy mywyd.

Yna, un bore, deffro yn fan'no a gweld nyrs anghyfarwydd yn sefyll uwchben fy ngwely yn syllu i lawr arnaf – anghyfarwydd oherwydd bod haul y bore ar y ffenest tu ôl iddi yn taflu cysgod dros ei hwyneb ac yn ei dieithrio.

'Wel, Maldwyn Tŷ Pen! Be wyt ti, o bawb, yn ei neud yn fan'ma, mor bell o Quarry Bank a Chwmcodwm?'

'Bet?' me' finna, yn adnabod y llais a gan anwybyddu poen yr ymdrech o godi'n rhy sydyn ar f'eistedd. 'Bet Tŷ Pen Arall? Chdi sydd yna?'

Sut bynnag, i dorri'r stori'n fyr, fe ddechreusom ganlyn yn fuan ar ôl hynny ac, o fewn pum mis, roeddwn yn gofyn iddi fy mhriodi ac yna, o fewn blwyddyn arall, roedd Gareth yn dod i'r byd. 'Yr un ffunud â'i dad!' yn ôl rhai. 'Yr un llygaid! A'r un siâp pen yn union!'

Fo fu'r unig blentyn o'r briodas. Wrth iddo nesu at oed ysgol y dechreuodd pethau fynd o chwith, efo Bet yn daer erbyn hynny am gael dychwelyd i Gymru fel bod yr hogyn yn tyfu'n Gymro Cymraeg glân gloyw. Yn y cyfamser, fodd bynnag, roedd cwmni Eden Construction wedi sylweddoli bod gen i dalent fel artist ac wedi dechrau fy anfon ar gyrsiau rhan-amser i goleg yng Nghaerloyw i feithrin y ddawn honno ac roeddwn innau, yn naturiol, yn awyddus iawn i fanteisio ar y cyfle ac i wella fy hun yn y byd.

Mynd o ddrwg i waeth wnaeth pethau rhwng Bet a minnau ar ôl hynny, mae gen i ofn, ac fe ddechreuodd y briodas ddadfeilio'n gyflym ar ôl iddi fynd yn ôl i Gwmcodwm i fyw gyda'i rhieni a chael gwaith fel nyrs yn ardal Rhuthun tra bod Gareth yn mynychu'r ysgol gynradd o dan lygad gwarchodol fy mam-yng-nghyfraith. Yna, o fewn ychydig fisoedd, dyma glywed bod fy ngwraig wedi dechrau cadw cwmni i Alwyn Llechwedd Isa ac fe chwalodd y briodas yn llwyr wedyn, wrth gwrs.

Mor fuan y gall pellter dyfu rhwng pobol, hyd yn oed rhwng anwyliaid, ac o fewn dim roedd fy mab i fy hun yn ddieithryn llwyr imi.

Mae'n wir i mi deimlo'n chwerw iawn tuag at Bet am flynyddoedd maith ar ôl hynny, er na fûm yn rhy hir, chwaith, cyn cyfarfod a phriodi Florence Eden, unig blentyn perchennog y cwmni roeddwn yn gweithio iddo; merch dal, osgeiddig, oedd ddwy flynedd yn hŷn na fi. Fu dim plant o'r briodas honno, nac o ail briodas Bet chwaith hyd y gwn i, ac erbyn heddiw mae fy chwerwedd tuag at fy nghariad cyntaf... fy unig wir gariad erioed, pe bawn i'n onest... wedi cilio bron yn llwyr. Mae hanner canrif yn amser rhy hir i unrhyw un ddal dig! Ac o edrych yn ôl heddiw, fedra i ddim gwadu nad oedd rhywfaint o fai arnaf innau hefyd, ar y pryd, am adael i f'uchelgais ifanc gael y gorau ar fy nghariad fel gŵr ac fel tad. Sut bynnag, prin iawn oedd fy nghydymdeimlad ymhen rhai blynyddoedd, pan glywais am farwolaeth annhymig Alwyn Llechwedd Isa.

Erbyn hynny, ro'n i wedi hen sefydlu fy hun yn fy swydd ac wedi dod yn llais dylanwadol hefyd o fewn cwmni Eden Construction. Yna, un diwrnod, daeth galwad i mi fynd i swyddfa fy nhad-yng-nghyfraith a synnais weld Florence yn eistedd yno, a'i hwyneb yn wlyb gan ddagrau. 'Stedda, Maldwyn!' medda fo, gan arwyddo at gadair yn ymyl ei ferch, ac aeth ymlaen i egluro ei fod yn awyddus i drosglwyddo'r busnes i ddwylo Florence a minnau. 'Dwi wedi cyrraedd Oed yr Addewid,' medda fo, 'ac mae'n bryd i mi ymddeol a chymryd hoe. Ond pan drois i at Florence i rannu fy ngorfoledd efo hi, cefais fy synnu wrth ei gweld a'i chlywed hi yn igian crio. 'Mae'n iawn i tithau gael gwybod hefyd, Maldwyn,' meddai ei thad eto, ond a'i lais yn crygu rŵan. 'Y gwir ydi fy mod i wedi derbyn newyddion pur ddifrifol ynglŷn â chyflwr fy iechyd. Felly, rhag gweld y busnes yn dioddef, dwi am i chi'ch dau gymryd yr awenau o hyn ymlaen.'

O fewn pum mis, roedden ni'n cynnal gwasanaeth coffa i Tom Eden yn yr amlosgfa yng Nghaerloyw ac yna, ddeuddydd yn ddiweddarach, yn unol â'i ddymuniad, yn taenu ei lwch dros afon Hafren. Yn ei ewyllys roedd wedi gadael popeth – y cwmni a'i holl asedau – i Florence a minnau. Dechreuais gael blas ar fy nghyfrifoldebau newydd yn fuan iawn, wrth weld cwmni Eden Construction yn mynd o nerth i nerth.

Duw a ŵyr i ble'r aeth y chwarter canrif nesaf! Doedd llwyddiant materol ddim yn gallu arafu'r blynyddoedd, gwaetha'r modd, ac fe ddaeth y dydd pan ddechreuodd Florence a minnau hefyd sôn am ymddeol, a gwerthu'r cwmni gan nad oedd neb i etifeddu hwnnw. Rhwng y ddwy filiwn a hanner o bunnoedd a gaed am Eden Construction, a'r asedau sylweddol eraill a arferai fod yn enw fy nhad-yng-nghyfraith, roedd Florence a minnau yn gyfoethocach nag a freuddwydiais i erioed. Oedd, roedd y bachgen bach tlawd o Gwmcodwm gynt wedi dod ymlaen yn rhyfeddol yn y byd. Ond yn rhy hen, bellach, gwaetha'r modd, i allu manteisio rhyw lawer ar ei lwyddiant.

Ysbryd Plas Dolgoed

(Pennod arall o atgofion difyr
Maldwyn Davis, Plas Dolgoed, Cwmcodwm)

Dwn i ddim a yw dosbarth Blwyddyn 7 Mr Euros Parri yn Ysgol Abercodwm yn darllen eu papur bro ai peidio ond, os ydyn nhw, yna mae gen i le i ymddiheuro am beidio â bod yn gwbwl onest efo nhw ynglŷn ag ysbrydion Plas Dolgoed pan fûm yn cael fy holi ganddyn nhw'n ddiweddar. Pam hynny, meddech chi? Rhag i rai ohonyn nhw ddechrau cael hunllefau o'm hachos i, dyna pam.

Dwi'n cofio rŵan mor gyndyn oeddwn i i sgrifennu'r bennod yma o gwbwl, rhag gwneud ffŵl ohonof fy hun, ond roedd Euros Parri mor daer ag arfer i mi wneud hynny.

… Sut bynnag, y gwir yw fy mod i, aml i dro ers dod yma i fyw, wedi clywed y synau rhyfeddaf drwy'r tŷ, a hynny yn ystod min nosau ac yn oriau mân y bore. Sŵn drws y ffrynt yn clepian ynghau a thraed trwm yn croesi'r cyntedd i gyfeiriad y grisiau. Dro arall, sŵn cerdded ôl a blaen ar y landin tu allan i lofft fy ngwraig a minnau, a sŵn merch yn crio'n ysgafn o fewn yr un stafell â ni. I gyd-fynd â'r crio hwnnw gan amlaf, sŵn babi'n sgrechian o bell. Fwy nag unwaith hefyd rwyf wedi clywed sŵn ci yn cyfarth yn wyllt yng nghefn y tŷ yn rhywle, er nad wyf yn berchen ci fy hun.

Bu bron i mi ychwanegu fy mod i wedi clywed yr un sŵn coethi bron dri chwarter canrif ynghynt ond gwyddwn na fyddai darllenwyr *Cadwyn Codwm* yn barod i lyncu tystiolaeth plentyn seithmlwydd yn reit siŵr, beth bynnag am fy mhrofiadau diweddar.

… Yr hyn sy'n rhyfedd yw nad yw fy ngwraig yn clywed dim o'r synau rhyfedd hyn.

Dyna rywbeth oedd eto i ddod, gwaetha'r modd.

Roedd Florence, fy ail wraig ers yn agos i hanner canrif, wedi dioddef ei hail strôc wythnos union cyn y Calan, sef ar noswyl y Nadolig llynedd; strôc drymach o lawer na'r gyntaf, ac un a'i gadawodd hi wedi'i pharlysu'n llwyr ac yn gwbwl gaeth i'w gwely. Ymchwydd bychan ei hanadl a rhediad araf y glafoer dros gongl ei cheg gam oedd yr unig arwyddion o fywyd ynddi, bellach.

Bu'r meddyg yn daer i'w chael hi i'r ysbyty yn Abercodwm, fel ei bod hi'n derbyn y gofal gorau posib yn fan'no, dros yr ychydig amser oedd ar ôl iddi ond, gan nad oeddwn yn fodlon iddi farw mewn lle felly, yng nghanol dieithriad llwyr, fe gyflogais nyrs drwyddedig arall – Saesnes o'r enw Chloe – i ofalu am fy ngwraig yn ystod oriau'r nos, tra bod yr Edwina gyfarwydd yn cadw golwg arni yn ystod y dydd. Nid bod llawer iddyn nhw'i wneud, wrth gwrs, ar wahân i gadw'r corff diffrwyth mor lân ac mor gyfforddus â phosib, a sychu'r glafoer diddiwedd o gonglau'i cheg, a'r dagrau oedd yn mynnu gloywi ei llygaid llonydd.

Ydi, mae Salwch hefyd, fel Amser ei hun, yn gallu taflu ei gysgod ar fywyd, a chreu dieithrwch hyd yn oed rhwng anwyliaid. A dyna'n sicr a ddigwyddodd rhwng Florence a minnau yn dilyn yr ail strôc greulon honno. Dros nos, fe ddiflannodd pob adnabyddiaeth rhyngom a fedrwn i yn fy myw, bellach, ag uniaethu'r claf glafoeriog llipa, oedd nid yn unig wedi colli'i lleferydd ond hefyd bob rheolaeth ar aelodau'i chorff, efo'r wraig egnïol y bûm i'n treulio oes yn ei chwmni ac yn rhannu'r un gwely â hi cyhyd.

Dros yr ychydig ddyddiau olaf hynny, daeth yn gynyddol anoddach i mi aros yn ei chwmni, i allu gwneud dim byd amgenach na syllu i'r llygaid llwyd a gwasgu'r llaw ddiymadferth mewn ymgais i gyfleu rhywfaint o gysur a chydymdeimlad. Ac wrth i'r bwlch rhyngom droi'n agendor ac i gysgod Angau amlygu'i hun yn gynyddol, dechreuais gadw draw o'i llofft a'i gadael hi yng nghwmni ac yng ngofal y naill nyrs neu'r llall.

Nosweithiau byrrach nag arfer o gwsg oedd rheini imi. Fûm i ddim yn gysgwr da ers blynyddoedd, beth bynnag, ac roeddwn yn fwy cyfarwydd â slwmbran yn fy nghadair o flaen y teledu ar fin nos, neu â llyfr agored ar fy nglin, ac yna ar ôl noswylio, gorwedd yn fy ngwely am oriau wedyn, yn troi a throsi ac yn gwbwl effro. Yn ôl Edwina ro'n i'n troi'r nos yn ddydd a'r dydd yn nos. 'Fe ddylech chi gymryd tabled neu ddwy i'ch helpu chi i gysgu, Mr Davis, fel eich bod chi'n dod yn ôl i drefn. Fedrwch chi ddim dal yn hir fel hyn heb gwsg, coeliwch fi.'

A dyna wnes i ar y noswyl Galan dyngedfennol honno, chwe mis union yn ôl.

Gan fod rhagolygon y tywydd yn darogan gwyntoedd cryfion a chawodydd eira dros nos yng ngogledd Cymru, fe lyncais ddwy dabled gysgu yn ddigon cynnar yn y min nos, fel eu bod wedi cael effaith mewn da bryd.

Erbyn i Chloe gyrraedd am chwarter i wyth yn ôl ei harfer, roedd fy llygaid eisoes yn trymhau ac fe eglurais iddi fy mwriad i noswylio'n gynnar, gan ei siarsio hi i'm deffro pe bai rheswm dros wneud hynny. Yna, ar ôl gwneud paned inni'n dau, aeth hi i fyny wedyn i lofft Florence, i ryddhau Edwina o'i dyletswyddau hi yn fan'no.

Am funudau'n unig y bûm i'n darllen yn fy ngwely cyn teimlo cwsg yn hawlio'i le. Rwy'n cofio craffu ar y cloc, wrth ymestyn i ddiffodd y golau. Pum munud ar hugain wedi wyth!

Rhaid fy mod i wedi syrthio i drwmgwsg buan wedyn; cwsg llawn hunllefau afreal. Gweld fy hun yn blentyn mewn trowsus pen-glin unwaith eto, yn rhedeg yn ddiamcan i fyny ac i lawr strydoedd Cwmcodwm, a'r pentref yn wag o bobol... fy esgidiau hoelion yn adleisio yn y gwacter ac yn gwatwar fy ofn... gweld wynebau esgyrnog llwyd fy nhad a fy nhaid yn yr awyr uwch fy mhen... clywed llais fy mam o'r pellter yn gweiddi rhybuddion gorffwyll nad oedd modd eu deall... gweld Bet Tŷ Pen Arall yn boddi ym mhwll y Felin a minnau'n methu ymestyn ati i'w hachub... wyneb Bet un funud, yna wyneb oer, marw Florence... minnau'n gweiddi'n orffwyll am i rywun o'r Plas fy helpu... gweiddi a gweiddi trwy geg fawr ddu, fudan... gweld y milwr ar y lawnt yn ymysgwyd o'i lesgedd efydd ac yn rhuthro'n gawraidd i lawr a thaflu ei hun i'r dŵr, efo Satan y ci i'w ganlyn, a'r ddau yn diflannu am byth o dan y Bluen Wen...

Anodd dweud beth yn union a'm deffrôdd. Os deffro hefyd! Ai sŵn y tywydd stormus tu allan yntau cyfarth gwallgof rhyw gi neu'i gilydd yn y coed yng nghefn y Plas?

Neu ai sgrech annaearol yr hunllef oedd yn dal i ddiasbedain yn fy mhen ac yng ngwacter oer y tŷ?

Fe gymerodd eiliadau imi ymystwyrian digon i sylweddoli fy mod i allan o afael cwsg ac yn dal i glywed yr oernad arallfydol honno, oedd bellach yn cilio i bellter nos. Ond roedd yr ofn a deimlais yn yr hunllef yn cau unwaith eto ar fy ngwynt!

Mae modd dehongli breuddwydion yn ôl rhai pobol, gan ddefnyddio'r Joseff beiblaidd fel enghraifft i brofi hynny. Ond nonsens ydi peth felly! Fe gâi hyd yn oed hwnnw, y breuddwydiwr a'r dehonglwr mawr ei hun, drafferth egluro cowdal fy hunllefau i y noson honno.

Sut bynnag, fel dyn meddw fe lwyddais i rowlio'n grydcymalog allan o'r gwely ac ymbalfalu'n droednoeth wedyn i gyfeiriad tywyllwch goleuach y ffenest. Roedd fel cerdded ar rew a hwnnw'n bygwth cloi fy nhraed mewn clymau chwithig. Fedrwn i ddim dirnad o ble'r oedd y sgrech wedi dod! Nid rhan o'r hunllef; fe wyddwn hynny, bellach, oherwydd roedd fel pe bai'r tŷ ei hun yn dal i grynu yn ei sŵn. Rwy'n cofio ceisio darbwyllo fy hun mai'r corwynt oedd yn gwallgofi'r byd tu allan i'r ffenest, yn hytrach na bod achos dychryn o fewn y Plas ei hun, ond doedd rheswm ddim yn tycio. Un peth a wyddwn i sicrwydd; doeddwn i erioed o'r blaen wedi clywed gwaedd mor iasol, mor arswydus â hi, mewn na hunllef na dim.

Pan agorais fymryn ar y llenni, y cwbl a welwn am eiliad oedd clytiau o blu eira yn glynu'n wlyb i'r gwydr ac yn cau popeth arall allan. Yna'n raddol, wrth i'm llygaid gyfarwyddo â chyflwr y nos, gwelais wawr wen yn haenen o garped dros y lawnt ac o gwmpas y cerflun tywyll a safai ar ei chanol.

O dan amgylchiadau o'r fath, mae'n hawdd i'r llygaid gymryd eu twyllo ac, am eiliad, dyna a ddigwyddodd wrth imi ddychmygu'r symudiad lleiaf yn safiad y milwr efydd a'i gi, fel pe bai'r rheini ddim ond newydd gamu'n ôl ar eu pedestal a setlo eto i'w hystum oer arferol. A thwyll hefyd, wrth gwrs, oedd yr argraff o olion traed yn rhesi o byllau duon yn y gwynder gwlyb rhwng y pedestal a drws y Plas.

Twyll neu beidio, erbyn hyn roedd fy nghalon yn curo fel gordd yn fy mrest a minnau'n simsanu ar lawr rhewllyd y llofft.

Eiliadau'n unig y parhaodd y profiad cyn i mi glywed traed buan ar y landin tu allan i'r drws a sŵn igian crio yn gyfeiliant i'r curo taer.

'Oh, Mr Davis! Please come!... Please come!... Please come now!'

Roedd y llais yn ymylu ar banig a phan agorais y drws roedd wyneb gwelw Chloe yn ddrych i'w harswyd.

'Please come!... Please come!' meddai hi eto trwy ddagrau a chryndod llais, gan afael yn daer yn llawes fy mhyjamas i'm tynnu ar ei hôl ar hyd y landin dywyll tuag at y mymryn o olau egwan oedd yn treiddio allan o lofft fy ngwraig.

'What is it, Chloe? Be sy'n bod?'

Ond, er gwaethaf taerineb fy nghwestiwn, doedd dim ateb i'w gael, dim ond plycio mwy ffyrnig yn fy llawes.

Er fy mod i'n gwbwl effro erbyn hyn, gwrthodai'r hunllef â gollwng ei gafael arnaf. Nid yn unig hynny ond roedd yr olygfa drwy'r ffenest, eiliadau'n ôl, wedi tyfu'n rhan o'r hunllef hefyd, rywsut. Yr ôl traed yn byllau duon ar eira gwlyb y lawnt, symudiad bychan y milwr ar ei bedestal...

Pan gyrhaeddodd Chloe ddrws agored y llofft, safodd yn ôl, i ddangos nad oedd hi'n fodlon fy arwain ymhellach na hynny nac yn barod chwaith i'm dilyn i mewn. Er bod sŵn ei chrio wedi gostegu rhywfaint, roedd ei chorff yn dal i gael ei ysigo gan ddagrau a dychryn.

Wrth gamu i mewn i'r stafell, wyddwn i ddim beth i'w ddisgwyl, na beth yn union oedd yn yr hanner tywyllwch o'm blaen. Roedd y lamp ar y cabinet ger y gwely yn anelu ei phelydryn main arferol oddi wrth y gwely a thuag at y gadair freichiau gerllaw – y gadair gyfforddus oedd yno'n benodol at ddefnydd y ddwy nyrs. Gwyddwn fod y lamp honno'n olau drwy'r nos a bod Chloe yn treulio'i hamser yn darllen yn ei chylch bychan o oleuni. Roedd gweddill y llofft mewn tywyllwch dudew.

Wrth i'm llygaid graffu i'r düwch hwnnw, disgwyliwn weld siâp diymadferth fy ngwraig o dan ei phentwr dillad. Ond doedd pethau ddim yn edrych yn iawn, rywsut, er na allwn ddirnad pam.

Gallwn glywed anadlu Chloe, ar y landin tu ôl imi, yn cyflymu eto ac igian ei hofn yn codi'n ymchwydd o'r newydd yng ngwacter oer y tŷ o'i chwmpas. Gallwn hefyd glywed y drws a ffenestri ffrynt y Plas yn ysgwyd wrth i'r gwynt ffyrnigo a hyrddio'i hun yn eu herbyn, a doedd gen i ddim llai nag ofn clywed gwydrau yn torri'n rhydd o'u fframiau bydredig ac yn chwalu'n deilchion ar lawr y llofft o'm blaen.

Wrth imi ymbalfalu efo'm llaw am swits y golau, clywais y nyrs fach yn mwmblan yn gryg tu ôl imi: 'I left the room light on! I know I did! I know!' Yn yr un eiliad, fel pe i wireddu ei geiriau, daeth y golau ymlaen ohono'i hun, fel haul llachar i'm dallu, ac i ddatgelu golygfa a barodd imi gamu'n ôl gan ddychryn, i daro'n galed yn erbyn Chloe nes gyrru honno'n ôl wysg ei chefn yn erbyn canllaw'r landin.

Yng ngoleuni oer y trydan, eisteddai Florence ar ganol y gwely, ei chefn yn unionsyth a'i hysgwyddau wedi eu gwthio'n ôl mewn ystum o ddychryn pur. Edrychai'n syth tuag ataf ac am eiliad mi dybiais mai Chloe'r nyrs oedd wedi ei chodi hi ar ei heistedd i'w hymgeleddu ond roedd arswyd honno, wrth fy ochr i rŵan, yn awgrymu'n wahanol.

Dyna pryd y sylwais yn iawn ar wyneb oer fy ngwraig ac arswydo tu hwnt i bob dirnadaeth. Roedd hwnnw mor glaer-ulw-wyn â'r gwallt oedd yn flerwch am ei phen; y llygaid yn rhythu'n wag a'r geg lafoeriog wedi'i hanffurfio gan sgrech fawr fudan, sgrech farw oedd ganwaith hyllach na dim y llwyddodd Edvard Munch i'w greu erioed.

'She is dead, Mr Davis!... She is dead!'

Nid sŵn ffaith oedd i'w glywed yng nghryndod dagreuol Chloe ond anghrediniaeth lwyr.

'... I was reading...'

Camodd yn nes ataf ac amneidio'n grynedig â'i braich at y llyfr oedd rŵan yn gorwedd yn ddryswch o dudalennau ar lawr, lle'r oedd hi wedi ei ollwng neu ei daflu yn ei dychryn.

'... and Mrs Davis, she... she suddenly sat up and... and screamed... and screamed. She was looking straight at the door but... but there was nothing, Mr Davis... there was no one there. At least *I* couldn't see anything! I was sure... no, I *know* that I had closed the door but... but it was now wide open. I didn't see or hear it open... And now Mrs Davis is... is dead! Oh my God!...'

Cydiodd y dychryn ynddi o'r newydd a dechreuodd igian crio a chrynu'n ddireol unwaith eto.

Bu gweld ei chyflwr yn help i mi ddod ataf fy hun.

Cydiais yn ei braich, i'w harwain o olwg y stafell ac i lawr y grisiau i'r gegin. Yno, gorchmynnais iddi wneud paned inni'n dau, gan ddisgwyl i'r gorchwyl syml hwnnw symud mymryn ar ei meddwl. Yna ffoniais am y doctor i ddod i olwg y corff. Ond, trwy'r cyfan, fedrwn i ddim cael o'm meddwl y sgrech arswydus a'm deffrôdd, y sgrech oedd bellach wedi rhewi ar wyneb Florence a'i serio am byth ar fy nghof innau.

Unwaith yn unig y gwelais i Chloe ar ôl y noson honno, ac yn y cwest oedd hynny, lle cafodd hi ei holi'n fanwl gan y Crwner am yr hyn a welsai ac a glywsai hi yn ystod eiliadau olaf Florence yn y bywyd hwn. Ni allodd hi na'r meddyg gynnig unrhyw fath o eglurhad ar sut y gallodd claf oedd, un funud, yn gwbwl ddiffrwyth o gorff a lleferydd, eistedd i fyny mor sydyn yn ei gwely a rhoi'r fath sgrech dreiddgar efo'i hanadl olaf.

Bu Chloe yn ddigon call yn ei thystiolaeth i beidio dweud bod y drws wedi agor ohono'i hun ac, am yr un rheswm, wnes innau chwaith ddim cyfeirio at y dryswch ynglŷn â'r golau oedd wedi diffodd ac yna ddod ymlaen wedyn heb i mi wneud dim. A bod yn onest, roeddwn wedi dechrau amau fy mod i, hwyrach, wedi cyffwrdd y swits ond heb fod yn ymwybodol o'r peth ar y pryd. Pa eglurhad call arall ellid ei gynnig, beth bynnag? Soniais i ddim chwaith am y teimlad cryf a gefais y noson honno o ryw 'bresenoldeb' arall yn llenwi'r tŷ.

Yr hyn a wyddwn i fy hun, ac a amheuid, dwi'n siŵr, gan bawb arall yn y cwest, oedd mai arswyd pur oedd wedi lladd fy ngwraig y noson honno. Ond, gan nad oedd unrhyw ffordd o brofi peth felly, a rhag creu embaras diangen iddo'i hun efallai, yn y wasg yn fwy na dim, yna dyfarniad diogel y Crwner ar y dystysgrif farwolaeth oedd 'Died of natural causes'.

Ddeng niwrnod ar ôl ei marw a deuddydd ar ôl y cwest, fe aed â chorff fy ngwraig i Amlosgfa Abercodwm, lle cynhaliwyd gwasanaeth byr efo dim ond rhyw hanner dwsin yn bresennol; yn eu mysg, Euros Parri'r athro ac Edwina'r nyrs. Roedd Chloe, meddid, wedi mynd i aros at ei chwaer, rywle yn Lloegr, ac yno y mae hi hyd heddiw, hyd y gwn i. Y syndod mwyaf oedd bod Twm Preis, Llechwedd Isa, hefyd yn yr angladd a'i fod wedi dod ataf ar derfyn y gwasanaeth i ysgwyd fy llaw ac i fynegi cydymdeimlad didwyll. Roeddwn wedi trefnu paned ac ychydig luniaeth yng Ngwesty'r Aber i'r criw bach o alarwyr ond, er i mi bwyso arno i ymuno â ni yn fan'no, gwrthod yn daer wnaeth o. Roedd ganddo ei reswm, mae'n debyg, ac roedd gen innau hefyd fy rheswm dros deimlo rhywfaint o ryddhad o'i glywed yn gwrthod. Doedd yr un ohonom am weld ailagor hen, hen graith.

Bythefnos yn ddiweddarach, ac yn unol â'r dymuniad yn ei hewyllys, roeddwn yn gyrru dros fynyddoedd y Berwyn am Langynog i chwalu llwch fy ngwraig dros ddŵr afon Tanat yn fan'no, i'w gludo, ymhen milltiroedd, i afon Hafren ac ymlaen wedyn, gobeithio, dros y ffin i gyfeiriad Caerloyw, a chynefin cynnar fy ngwraig yn fan'no.

Rhyw ddiwedd o'r fath oedd gen i mewn golwg i mi fy hun hefyd ar y pryd, ond mae galwad ffôn neithiwr a'r sgwrs ar FaceTime fore heddiw wedi peri newid meddwl ar bethau felly.

Roedd newyddion 9.00 ar gychwyn pan ganodd y ffôn, neithiwr.

'Hello?'… a 'Hello?' meddwn i wedyn, o fethu cael ymateb y tro cyntaf.

'Helô!… Ym… Plas Dolgoed?'

'Ia. Pwy sy'n siarad, plis?'

Dwy neu dair eiliad eto o dawelwch.

'Ym… ffonio ydw i i ddymuno pen blwydd hapus ichi… ym… Dad!'

Dad? Gallwn synhwyro'r ansicrwydd ar ben arall y lein ac, yn naturiol, fe feddyliais ei fod wedi gwneud camgymeriad.

'Mae gen i ofn eich bod chi wedi cael…' 'Wedi cael rhif anghywir' oedd ar flaen fy nhafod cyn i'r llais diarth dorri ar fy nhraws.

'Efo Mr Maldwyn Davies ydw i'n siarad, gobeithio?'

'Maldwyn Davis, ia, ond…'

'Ym!… Gareth sy 'ma!'

'Gareth?' Gwyddwn fod fy llais yn llawn dryswch, llawn cynnwrf. 'Gareth…?' meddwn i wedyn, yn methu credu fy nghlustiau. Dim ond un 'Gareth' oedd yn canu yn fy nghof a gallwn deimlo fy nghalon yn carlamu o'm mewn.

'Rydw i *yn* iawn i feddwl eich bod chi'n cael eich pen blwydd heddiw?… Yn wyth deg oed?'

'Gareth?' meddwn i eto, yr un mor anghrediniol. Os mai fo oedd o, doeddwn i ddim wedi ei weld na thorri gair ag ef er pan oedd o'n blentyn, oddeutu hanner can mlynedd yn ôl.

Ond doedd geiriau ddim yn dod yn hawdd iddo yntau, chwaith, yn amlwg.

'Dwi wedi bod yn bwriadu'ch ffonio chi ers misoedd a deud y gwir, byth ers cael eich rhif ffôn gan Yncl Tom. '

'Yncl Tom?'

'Ym!… Thomas Preis, Llechwedd Isa?'

Bu clywed yr enw hwnnw, a'r cysylltiadau oedd ynglŷn ag ef, yn ddigon i oeri fy ngwaed, am eiliad neu ddwy.

'Roedden ni isio cydymdeimlo efo chi ar ôl ichi golli'ch gwraig, ond wedi methu magu plwc hyd yma, am wn i.'

'O? Diolch.' Ond doedd fawr o sŵn diolch yn fy llais, mae'n siŵr, gan fod fy mhen yn dal i droi. 'A sut gest ti wybod ei bod hi wedi marw?'

'Gweld cyfeiriad yn *Cadwyn Codwm* wnaethon ni. Rydan ni'n tanysgrifio i dderbyn hwnnw drwy'r post bob mis.'

'O! Da iawn.' Be arall ddeudwn i? 'Ac ym mha ran o'r wlad wyt ti'n byw, felly... ym... Gareth?'

Clywais chwerthiniad bach nerfus. 'Canberra,' medda fo. 'Awstralia,' eglurodd wedyn. 'Yma'r ydan ni'n byw ers deng mlynedd ar hugain.'

'*Ni*? Rwyt ti wedi priodi felly, dwi'n cymryd?'

Chwarddodd yn fyr. 'Mae gen i ddau o feibion, Dad!'

Sylwais fod y 'Dad' wedi dod allan yn fwy parod, yn fwy naturiol y tro yma, fel pe bai'r garw wedi ei dorri.

'... A dwi'n daid i dri!'

Anodd egluro'r wefr a roddodd y geiriau hynny imi, a dois yn fwy ymwybodol nag erioed gymaint tlotach oeddwn i o fod wedi colli cysylltiad â'm teulu dros yr holl flynyddoedd.

'Wel... Ym!... da iawn. Ac un o ble ydi hi, y wraig?'

'Un o fan'ma. Mi ddaru Shirley a finna gwarfod pan oedden ni'n dau yn dilyn cwrs Meddygaeth yng Nghaeredin. Mae hynny yn o bell yn ôl erbyn heddiw, wrth gwrs! Ar ôl graddio a chwblhau ein cyrsiau fe gawsom ni'n dau le fel meddygon ym mhractis fy nhad-yng-nghyfraith, yma yn Canberra. Doctor oedd ynta! Ac yma yr ydan ni byth! A fi ydi pennaeth y practis erbyn heddiw.'

'O! Da iawn!'

'Ga i ofyn, Dad, ydach chi'n medru cael Skype yn Cwmcodwm? Neu FaceTime, efallai, ar iPad?'

'Ydw, dwi'n gallu defnyddio FaceTime,' medda fi, yn methu cadw'r cynnwrf o'm llais.

'Beth pe bawn i'n trio cysylltu efo chi ar hwnnw, fel ein bod ni'n cael gweld ein gilydd yn ogystal â chael sgwrs? Rydan ni un awr ar ddeg o'ch blaen chi yn fan'ma, wrth gwrs. Mae hi newydd droi wyth o'r gloch y bore yn Canberra rŵan, a finna ond newydd gyrraedd adra'n ôl ar ôl bod allan ar alwad frys. Beth pe bawn i'n trio cysylltu efo chi am wyth o'r gloch heno; naw bore fory i chi yng Nghymru? Mi gaech chi weld a siarad efo Shirley, wedyn, ac mae Maldwyn, y mab iengaf, adre hefyd. Mae o newydd raddio'n uchel yn yr ANU.'

Aeth clywed yr enw â'm gwynt yn lân. 'Ym… Ia, ar bob cyfri,' meddwn i, yn methu celu fy nghynnwrf. 'Mi fydda i'n edrych ymlaen. A beth ydi'r ANU?'

'Un o brifysgolion Canberra. Mae'n debyg bod yr Adran Arlunio yn fan'no yn meddwl bod gan Maldwyn dalent artistig go arbennig.'

O fethu deall fy mudandod, fe aeth Gareth ymlaen. 'Un peth arall i chi feddwl amdano, Dad. Fe ffoniodd Yncl Tom rai dyddiau'n ôl i ddeud bod y Plas ar werth. Ga i ofyn i ble y byddwch chi'n symud?'

'Heb benderfynu eto, a bod yn onest, ond dwi wedi dechra gneud ymholiadau, wrth gwrs. Mae digon o gartrefi preifat… *retirement homes*… yn y wlad 'ma, bellach; rhai ohonyn nhw'n foethus iawn, yn ôl pob sôn. Rhyw le felly sydd gen i mewn golwg, fel fy mod i'n cael tipyn o dendans yn fy hen ddyddia.'

Fel rhyw sylw bach ysgafn y bwriadwyd y geiriau olaf, efo

chwerthiniad byr wedyn i bwysleisio hynny, ond yn hytrach nag ymateb yn yr un cywair, fe drodd llais fy mab yn fwy difrifol.

'Os ydach chi'n meddwl symud o Gwmcodwm, a rhag inni golli cysylltiad â'n gilydd eto, yna tybed a fyddech chi'n ystyried dod i'n gweld ni, yma yn Canberra?'

Fe gymerodd sawl eiliad i mi ddilyn ei drywydd.

'… Am ryw fis o wyliau, falla?' meddai wedyn. 'Fyddech chi'n styried hynny, Dad?'

'Be? I Awstralia? I'r ochr arall i'r byd? Yn fy oed i?' Methais fygu chwerthiniad bach anghrediniol y tro yma.

'Pam lai? Mi fydden ni wrth ein bodd o'ch gweld chi, a chael eich cwmni chi am sbel, fel ein bod ni'n cael cyfle i ddod i nabod ein gilydd. O leia, meddyliwch am y peth,' medda fo wedyn a'i lais yn llawn diffuantrwydd, 'ac fe gawn barhau'r sgwrs wyneb yn wyneb ar FaceTime heno… Bore fory, yn hytrach, i chi.'

Ar ôl rhoi'r ffôn yn ôl yn ei grud, y peth cyntaf a ddaeth i'm meddwl, yn rhyfedd iawn, oedd bod Bet wedi gwneud penderfyniad call, yr holl flynyddoedd yn ôl, yn sicrhau bod ein mab yn cael tyfu efo'r Gymraeg ar ei dafod.

Wrthi'n ystyried ei gynnig ro'n i, uwchben paned o de, ac mewn gwaed oer erbyn hynny, pan dorrodd y geiriau 'rhybudd coch' ar draws llif fy meddyliau. '… Fe fydd gwasgedd isel yn symud yn gyflym o'r de-orllewin yn ystod y nos heno, a chyfres o stormydd cryfion o fellt a tharanau a glaw trwm yn sgubo dros y wlad. Rhybuddir pawb sydd yn byw ar diroedd gwastad yn y Canolbarth a rhannau o'r gogledd-orllewin i ddisgwyl llifogydd trymion a difrod posib oddi wrth wyntoedd tymhestlog. Anogir ffermwyr yn yr ardaloedd hynny i symud eu hanifeiliaid i dir uwch…'

Efo cymaint ar fy meddwl yn dilyn y sgwrs efo Gareth gynnau fach, a rhagolygon cynhyrfus y tywydd i ychwanegu at bethau, yna fe wyddwn nad oedd gobaith am lawer o gwsg. Rheswm da, felly, dros lyncu dwy dabled gysgu a noswylio cyn gynted â phosib.

Cyn cau llenni fy llofft, fe syllais allan i'r gwyll a gweld yr awyr yn fygythiol ddu ar orwel y de ac ambell fellten yn dreigio yn y düwch hwnnw. Gwyddwn nad oedd Cwmcodwm yn debygol o osgoi'r storm. Oni fyddai'r hen bobol yn dweud bod daear y Cwm yn llawn mwynau – copr a phlwm, haearn a manganîs a phethau felly – oedd yn denu'r mellt i'r ddaear? Ac oni phrofwyd hynny fwy nag unwaith dros y blynyddoedd, efo taranfollt yn chwalu wal dalcen Tafarn Cwm Bach un flwyddyn a mellten, dro arall, yn hollti ywen fawr mynwent yr eglwys?

Efo'r aer mor annaturiol o fwll a chynnwrf yr alwad ffôn, gynnau, yn dal mor fyw yn fy nghof, doedd fawr o obaith y deuai cwsg yn fuan nac yn hawdd, a hynny er gwaetha'r tabledi cysgu. Felly, efo pentwr o glustogau i gynnal fy nghefn, fy nghoesau'n gorwedd dros y dillad gwely, a'r gyfrol agored *In the Kingdom of Ice* yn fy nwylo, gobeithiwn allu denu cwsg. Fel rheol, byddaf yn cael blas anghyffredin ar weithiau Hampton Sides, yr awdur Americanaidd talentog, ond nid neithiwr. Dro ar ôl tro, fe'm cefais fy hun yn gorfod edrych yn ôl dros ryw baragraff neu'i gilydd am na allwn gofio ei gynnwys, er mai dim ond newydd ei ddarllen yr oeddwn. Methwn ganolbwyntio, yn rhannol oherwydd bod rwmblan pell y taranau yn dod yn fygythiol nes ac, yn rhannol hefyd, oherwydd rhyw anesmwythyd a deimlwn yn fy ngwaed ac na allwn ei egluro'n iawn.

Rhois y gyfrol o'r neilltu a diffodd y golau. Ond ddeuai cwsg ddim eto, chwaith, a chyn hir roedd fflachiadau'r mellt i'w gweld drwy'r llenni ac yn taflu pob math o gysgodion a drychiolaethau ar waliau'r stafell o'm cwmpas. Ofer oedd meddwl am gysgu, felly codais at y ffenest ac agor y llenni er mwyn cael eu gwylio. Roedd düwch yr awyr yn dipyn nes erbyn hyn a'r düwch hwnnw'n cael ei rwygo'n gyson gan ddreigiau bygythiol. Rwy'n cofio meddwl: 'Mae hon yn mynd i fod yn storm a hanner. Gobeithio na fydd y Plas na'r Cwm yn diodde unrhyw ddifrod mawr.'

Fe es ati wedyn, wrth sefyll yno, i gyfri'r eiliadau rhwng y fellten a'r daran er mwyn cael syniad o bellter y storm, a chasglu bod y gwaethaf o'r tywydd yn dal i fod o leiaf bum milltir i ffwrdd, ond yn nesáu'n gyflym serch hynny.

Oedais yno am funudau lawer yn gwylio'r olygfa swreal ar y lawnt oddi tanaf wrth i'r fflachiadau mynych debygu i belydrau strôb glas ar lwyfan, lle mae pob symudiad – a phob diffyg symudiad hefyd o ran hynny – yn troi'n herciog ac afreal. Ar adegau, roedd y pedestal efo'i gerflun efydd fel pe bai'n newid ei le ar y lawnt; dro arall gallwn daeru bod y milwr yn cymryd cam ymlaen ar ei bedestal. Gwyddwn, wrth gwrs, mai fflachiadau byrhoedlog y mellt oedd yn creu'r argraff honno, felly doedd dim achos i mi gynhyrfu na theimlo ofn. Ond tyfu'r oedd fy anesmwythyd serch hynny.

Sefais yno'n ddigon hir i sylweddoli bod Cwmcodwm yn mynd i osgoi gwaethaf y storm wrth i ffyrnigrwydd honno bellhau i awyr y dwyrain. Yna, euthum yn ôl i gynhesrwydd y gwely ac fe ddaeth cwsg yn fuan iawn wedyn. A'r fath hunllef yn ei sgil.

Rwyf at fy mhengliniau mewn mwd gludiog; yr awyr

yn llawn gweiddi a sgrechian gorffwyll, a magnelau yn ffrwydro uwch fy mhen ac yn gyrru'r shrapnel yn gawodydd poeth i'r tir gwlyb o'm cwmpas, i sislan a sislan yn ddiddiwedd yn fan'no a chreu cymylau o stêm oer. Armagedon o sŵn a gorchmynion gwyllt wrth i filwr ar ôl milwr, a march ar ôl march, ymlwybro'n llafurus heibio imi tua'r llinell flaen cyn simsanu wedyn ar ganol cam a phlymio'n farw i haenen fwg y dinistr, sydd fel amdo lwyd dros wyneb y tir gwlyb o'm cwmpas. Rwy'n eu gweld yn diflannu, un ar ôl y llall, i'r llwydni, i'w llyncu yn fan'no gan y gors sydd eisoes yn gyforiog o farwolaeth a drewdod cyrff pydredig.

Rwy'n troi a throi yn fy unfan, yn gwbwl unig, yn gwbwl amddifad ac ar goll, yn syllu ar orwelion llwyd diderfyn ac mae'r anobaith yn fy llethu a'r mwd ar fy wyneb yn wlyb gan ddagrau.

A rŵan mae'r byd yn wag o bob sŵn ond yn orlawn o atgasedd pur. 'Fe wyddost yn lle'r wyt ti!' meddai llais yn fy nghlust. Minnau'n ysgwyd pen. 'Na wn i!' 'Wrth gwrs dy fod ti!' medda fo. 'Meddylia!' Ac mae fy ysgwyddau yn crymu wrth i'r gwir ddod i mi. 'Dwi'n sefyll ym mhorth Uffern!' medda fi ac mae fy sgrech fudan yn llenwi'r gofod.

Anodd gwybod pa mor hir dwi wedi bod yn sefyll yn fan'ma, ar Dir Neb, ond rwy'n clywed lleisiau eto drwy'r niwl; lleisiau cyfarwydd, er na wn i ddim pam; lleisiau sy'n gymysgedd o wylofain ac ofn, ac o fygwth a herio a rhegi dig. Mae fy nhraed yn glynu yn y llaid, pob cam yn ymdrech oes, ond rhaid chwilio am y lleisiau.

'Get up, you cringing coward! You worthless piece of Welsh shit! You call yourself an officer, but you're nothing but a cowardly little bastard.'

Mae o wedi dwyn fy mhistol oddi arnaf ac yn ei chwifio'n fygythiol tuag ataf. Minnau'n belen o ofn wrth ei draed yn nhwll y fagnel, yn gwrthod codi, yn gwrthod ufuddhau i'w orchymyn.

'Please, Sergeant! Don't make me go! It's my birthday! I'm nineteen today!' Dyna dwi isio'i ddweud ond does dim geiriau'n dod, dim ond sŵn snifflan ofnus.

Ond sut fedra i fod yn fan'cw a hefyd yn fan'ma yn gwylio'r cyfan? Sut mae posib i mi fod mewn dau le ar yr un pryd? Sut fedra i fod yn dyst yn fan'ma i rywbeth sy'n digwydd i mi draw acw, yn nhwll dyfrllyd y fagnel? Ond mae'r ateb yn amlwg. Mae be sy'n digwydd yn fan'cw *wedi* digwydd yn barod! A does dim ffordd yn y byd o'i rwystro rhag digwydd eto!

Dwi'n gweld fy hun yn codi'n grynedig ac yn edrych tua ffos flaen y gelyn, lai na thafliad carreg i ffwrdd, lle mae bidogau gwaedlyd yn tyllu a thyllu'n orffwyll a didrugaredd i gnawd fy nghyfeillion... fy milwyr i... y dynion y dylwn i fod yn eu harwain! Os bydda i'n ymuno â nhw, wela i mo Gwmcodwm na Phlas Dolgoed na Satan fy nghi byth mwy. O Dduw! Dwi'n rhy ifanc i farw! Be wna i? Mae sŵn y gynnau mawr a'r magnelau yn ffrwydro yn fy mhen a hisian diddiwedd y bwledi yn llenwi'r awyr ddu ac yn drysu fy rheswm. Fedra i ddim meddwl yn glir! Ond waeth heb â meddwl oherwydd mae eisoes yn rhy hwyr, beth bynnag.

Mae baril gwn y sarjant... fy ngwn i!... yn bygwth yn haerllug a dwi'n gweld fy hun yn codi ac yn ymdrechu i sythu fy nghorff oer yn y dŵr a'r llaid. Dwi'n clywed fy hun yn gweiddi, 'Hei! Dwed wrtho fo mai ti ydi'r swyddog... ti ydi'r Corporal... ac mai ti biau'r gwn! Hawlia fo'n ôl ganddo! Ond lle mae dy gap, i brofi mai corporal wyt ti? Gwisga fo er mwyn cuddio'r caglau hyll o fwd sy'n glynu wrth dy wallt coch hardd!'

Mae'r frwydr yn gorffwyllo eto ac mae'r ddrama yn nhwll y fagnel o'm blaen yn ffyrnigo hefyd. A dwi isio ymresymu efo fo… efo fi fy hun… a gweiddi, 'Callia, Graham! Gwna fel mae o'n deud!' Ond sut mae rhwystro rhywbeth rhag digwydd os yw'r peth hwnnw wedi digwydd yn barod?

Dwi'n gweld fy hun yn chwilio eto am ddiogelwch, yn fy nghwrcwd o olwg y gelyn, ac mae'r sarjant yn myllio mwy… Ond pam mynd i'r drafferth a finna'n gwybod beth sydd ar fin digwydd, beth bynnag? Yn gwybod, am ei fod o wedi digwydd imi'n barod, ac am nad oes dim ffordd o'i rwystro rhag digwydd eto. 'Paid, y ffŵl! Paid â throi dy gefn ato fo!' Ond dydw i ddim isio gwrando oherwydd, rywsut neu'i gilydd, mae'n rhaid i mi lusgo fy nhraed drwy'r llaid gludiog a bustachu ar goesau simsan mor bell ag y medra i oddi wrth fidogau a bwledi a wynebau hyll y gelyn, am fod hwnnw'n ysu i'm lladd. Ond mae'r mwd yn drysu fy mwriad a dwi'n gweld y Sarjant yn anelu eto, at fy nghefn y tro yma… ac yn tanio… a minnau'n syrthio, eto fyth, ar fy wyneb i'r llaid oer, a'r fwled unwaith eto yn llosgi'n boeth yn fy nghefn. Ac fel dwi'n disgyn ac yn cael fy llyncu gan y gors fudreddi, mae'r byd yn ffrwydro o'r newydd, yn storm o sŵn y gynnau mawr a gweiddi gorffwyll dynion direswm ac mae'r fagnel unwaith eto'n codi'r ddaear tu ôl imi yn ddaeargryn o bridd sy'n gymysg â chnawd a gwaed y Sarjant ac mae'r cyfan yn disgyn drachefn yn gawod drom ddistaw… ac rwy'n gweld fy hun yn suddo'n araf, araf oddi ar wyneb daear. 'Chaiff fy nghorff i byth ei ddarganfod!' Dyna sydd ar fy meddwl wrth i'r cread dawelu eto. 'Hwn fydd fy medd hyd ddiwedd amser, a chaiff fy mam a fy nhad, na Satan na neb, fyth wybod be ddigwyddodd yma, heddiw…'

Pan ddeffrois roedd y chwys oer yn diferu oddi arnaf a'm hanadlu yn llafurus. Roedd brwydr yr hunllef, y fflachiadau a'r ffrwydriadau, yn parhau yn y storm oedd fel pe bai'n gwallgofi'r byd tu allan ac yn ysgwyd y Plas i'w seiliau. Minnau'n gwyro drosodd i roi golau ar y lamp fach ger fy ngwely… a chael fy siomi! Rhaid bod y mellt wedi torri ar y cyflenwad trydan!

Er na allwn weld wyneb y cloc, fe wyddwn fod y wawr yn bell iawn i ffwrdd ac, ym mêr fy esgyrn, fe wyddwn nad oedd hi eto'n hanner nos ac nad oedd y dydd cyntaf o Fehefin, dydd fy mhen blwydd, ddim eto wedi chwythu'i blwc.

Yna, yn fflach annisgwyl y fellten a chlec fyddarol y daran, fe dybiais am eiliad fy mod i'n ôl unwaith eto yn ffosydd hunllefus Ffrainc. Ond byr fu'r camsyniad, serch hynny, wrth i fellten a tharan arall ysgwyd y tŷ ac i mi sylweddoli nad oedd y Cwm wedi osgoi'r storm wedi'r cyfan ond bod honno wedi troelli'n ôl a'i bod hi rŵan yn bwrw'i llid ar y pentref ac ar y Plas.

Efo'r corwynt yn chwibanu'n alarus tu allan ac yn hyrddio'r glaw trwm yn erbyn ffenest fy llofft, doedd gen i ddim llai nag ofn clywed ffrâm honno yn ildio i'w gynddaredd.

Llusgais fy hun yn anfoddog allan o'r gwely, fy nerfau fel tannau ffidil ar dynn o ganlyniad i hunllef oedd eto mor real yn fy mhen. A waeth cyfaddef chwaith bod amgylchiadau marwolaeth Florence, chwe mis yn ôl, yn fyw iawn eto yn fy nghof.

Doedd gen i fawr o awydd crwydro tywyllwch y tŷ i chwilio a fu difrod ai peidio nac i geisio ffordd, chwaith, o gael y trydan yn ôl. Wedi'r cyfan, fe allwn faglu yn y tywyllwch ac efallai dorri braich neu goes a thrwy hynny ddrysu'r cynlluniau diweddaraf. Onid oedd y sgwrs efo Gareth ychydig oriau'n ôl yn ddigon o gymhelliad imi gymryd y gofal mwyaf ohonof fy hun o hyn allan?

Gan ymbalfalu'n ofalus drwy'r tywyllwch, cyrhaeddais y ffenest a gwahanu'r llenni er mwyn cael craffu allan i'r nos. Nid cyflenwad trydan y Plas yn unig oedd wedi dioddef; roedd y pentref cyfan o'r golwg mewn llyn du o dywyllwch.

Doeddwn i ddim yn barod am y fellten nesaf, felly ni fedrais sylwi ar unrhyw beth penodol yn ei fflach – dim byd mwy na chip eiliad o'r lawnt ac o'r coed oedd yn cau o'r ddwy ochr am y Plas – ond roeddwn yn fwy na pharod am yr un a ddaeth yn syth wedyn, ac yn syllu'n benodol i gyfeiriad y cerflun ar ganol y lawnt. Yn ei golau, fe welais y milwr yn ei ystum arferol a gwyddwn yn reddfol fy mod i newydd fod yn dyst yn fy hunllef i amgylchiadau ac i eiliadau olaf Graham Brody yn y byd hwn, union ganrif yn ôl i heddiw. Synhwyrwn, hefyd, nad oedd popeth drosodd hyd yma, fod mwy o'r dirgelwch eto'n aros i gael ei ddatgelu.

Dyna pam fy mod i mor barod am y fellten nesaf pan ddaeth, ac am y dair arall a ddaeth wedyn yn sgil honno.

Roedd mwy na cherflun llonydd yn fflach y gyntaf. Er mai cip yn unig a gefais, fe wyddwn fod dau – os nad tri – siâp du yn sefyll wrth y pedestal.

Yna'r ail fflach ac, yng ngolau honno, y drychiolaethau duon yn croesi'r lawnt i gyfeiriad y Dderwen Fawr, a wyneb y lawnt dan eu traed yn fôr o fwd.

Fu dim rhaid aros yn hir am y fellten nesaf chwaith ac, yn ei golau tybiais weld dwy ddrychiolaeth yn crogi'n llonydd o dan gangen y Dderwen Fawr.

Fyddwn i'n barod i daeru ar fy llw fy mod i wedi gweld hyn i gyd? Na fyddwn, wrth gwrs. Argraffiadau eiliad oedden nhw, wedi'r cyfan, a hawdd iawn fyddai i mi wneud ffŵl ohonof fy hun trwy honni'n wahanol. Ond ynof fy hun dwi'n ddigon sicr fy meddwl o'r hyn a welais i.

Oherwydd fy nychryn doeddwn i ddim yn barod am y fellten olaf, y fwyaf ohonyn nhw i gyd. Fflach anferth i lenwi'r awyr a'r nos, a honno'n fforchio i'r ddaear, lathenni'n unig o'r tŷ, a'r lawnt oddi tanaf yn ffrwydro mewn fflam anferth, a sŵn difrodi ac arogl tân yn llenwi'r awyr, fel pe bai'r cread ei hun yn datgymalu o'm cwmpas i. Minnau'n baglu'n ôl yn fy nychryn, a syrthio wysg fy nghefn ar lawr caled y llofft. Ac, yn yr eiliad honno, cyn i ru'r daran dawelu'n llwyr, fe hyrddiwyd drws y stafell yn agored ac fe ddois innau'n ymwybodol o ryw Bresenoldeb dieflig, oer – does dim ffordd arall o'i ddisgrifio – yn rhuthro i mewn fel corwynt neu don anferth ac yn rhoi pwysau llethol ar fy mrest i'm cadw i yno, ar fy hyd, yn gwbwl ddiymadferth.

Er nad oeddwn i'n gweld dim, doedd gen i ddim amheuaeth o gwbwl nad oeddwn i yng nghwmni'r diawledigrwydd hwnnw a fu'n aflonyddu ar y Plas dros yr holl flynyddoedd; yr un Presenoldeb ag a feddiannodd lofft fy ngwraig, chwe mis yn ôl, y noson yr arswydodd hi i farwolaeth. Ac fe dybiais fod fy niwedd innau hefyd ar ddod.

Am ba hyd y bûm i'n gorwedd yno'n gwbwl ddiymadferth oer, heb allu symud na braich na choes, wn i ddim – fawr mwy na thragwyddoldeb o ychydig eiliadau, mae'n siŵr – ond yna fe glywais y corwynt rhewllyd yn ffyrnigo o'r newydd wrth iddo gael ei sugno allan o'r stafell unwaith eto, fel pe bai'n cael ei wasgu o swigen anferth, gan adael i ddrws y llofft gau'n araf ar ei ôl. Yna, eiliadau o lonyddwch dwfn, heb ddim i dorri arno ond fy anadlu llafurus i fy hun.

Er bod y mellt yn dal i fflachio'n ysbeidiol, roeddwn yn gwbwl fyddar, erbyn rŵan, i sŵn y taranau ac i bob sŵn arall.

Gyda chryn ymdrech llwyddais i godi ar fy nhraed ac i eistedd ar erchwyn y gwely i gael fy ngwynt ataf. Roedd fy nghalon yn dal i guro fel gordd a minnau'n gwasgu fy llygaid ynghau i geisio erlid fy ofn.

Alla i ddim dweud pa mor hir y parhaodd y profiad ond yna, wrth i storm fy nghorff ostegu, fe deimlais gynnwrf o'r newydd wrth synhwyro rhyw bresenoldeb arall yn dod i'r stafell, ond ni theimlwn fygythiad o fath yn y byd y tro hwn.

Fe gymerodd eiliad neu ddwy i'm llygaid gyfarwyddo â'r tywyllwch unwaith eto ac yna fe'i gwelais! Wrth y ffenest, ac efo'i chefn ataf, safai merch ifanc yn syllu allan i'r nos ac, yn fflachiadau ysbeidiol y mellt, gallwn weld tresi llaes ei gwallt yn gorwedd dros ei hysgwyddau. Er bod rhan isaf ei chorff o'r golwg mewn düwch, fe wyddwn, rhywsut, ei bod hi'n gwisgo ffrog laes at ei thraed a bod ei gwasg yn gul iawn fel pe bai staes hen ffasiwn yn gwasgu'n anghyfforddus dynn amdano. All geiriau moel byth gyfleu'r llonyddwch pell oedd yn perthyn iddi.

Yna, yn gwbwl ddirybudd, fe ddaeth golau'r llofft ymlaen ohono'i hun, i'm dallu am eiliad. Ond yno'r oedd hi o hyd, yn dal i syllu allan i'r nos; mor ddigynnwrf fel nad oedd unrhyw arwydd o ymchwydd anadl yn ei chorff. Cawn yr argraff mai gwisg laes o frethyn llwyd rhad oedd amdani.

Yna'n araf fe drodd i edrych o gwmpas y stafell ac i syllu'n hir i gyfeiriad y gwely. Doedd ei hwyneb hi ddim yn glir imi, er mor llachar oedd y golau uwchben, ond gallwn synhwyro ei bod hi'n edrych yn union tuag ataf trwy lygaid llonydd oedd yn llawn tristwch mud. Rwy'n cofio amau a oedd hi'n fy ngweld i o gwbwl, a oedd hi hyd yn oed yn ymwybodol o fy mhresenoldeb i yn y llofft. A dyna pryd y teimlais y gwallt ar fy ngwar yn codi'n oer a'r gwaed yn troi'n rhew yn fy ngwythiennau wrth imi sylweddoli fy mod i wedi gweld y ferch drist hon o'r blaen, yn yr un wisg ac yn sefyll yn yr un ffenest. Hi – ia, hi! – ddeng mlynedd a thrigain a mwy yn ôl, oedd, trwy ystum mud, wedi annog y bachgen seithmlwydd mentrus hwnnw i ddianc am ei fywyd rhag melltith y Plas.

Yna, wrth iddi gilio'n raddol wysg ei chefn ac ymdoddi i dywyllwch y nos tu ôl iddi, gwelais hi'n dod â'i dwy law ynghyd mewn ystum gweddi ac yna'n ysgwyd ei phen yn araf o'r naill ochr i'r llall, fel pe bai hi'n gwadu rhyw gelwydd neu'i gilydd.

Yr eiliad nesaf roedd hi wedi mynd gan fy ngadael innau mewn cyflwr o fodlonrwydd na allaf ei ddisgrifio na'i gyfleu yn iawn.

Yn dilyn y fath brofiad, gallech dybio mai cwsg fyddai bellaf o'm meddwl ond cysgu wnes i, serch hynny, a hynny'n fuan iawn ar ôl dringo'n ôl rhwng y cynfasau.

Deffrôdd y larwm fi am wyth o'r gloch ac erbyn chwarter i naw ro'n i wedi codi a chael brecwast a bod allan yn astudio difrod y mellt – y pentwr anghyfarwydd o efydd oer ar y lawnt a'r Dderwen Fawr sydd bellach mor ddieithr ei ffurf, o fod wedi colli un o'i changhennau praffaf ac felly ei chymesuredd hardd.

'Hir pob ymaros,' meddai'r hen air. Digon gwir. Dwi'n eistedd, yn fwy nag eiddgar, yn fy nghadair gyfforddus, efo'r ffôn ar y naill ochr imi a'r Apple iPad ar yr ochr arall. Ond mae naw o'r gloch yn dod, ac yn mynd. Mae chwarter wedi naw yn dod, a hwn hefyd yn mynd. Mae rŵan yn hanner awr wedi naw a dwi'n gwangalonni ac yn teimlo'n fwy hunandosturiol nag a wnes i ers talwm iawn. Ai addewid gwag oedd un Gareth, wedi'r cyfan? Pe bai o'n wirioneddol awyddus i siarad efo fi eto, a hynny wyneb yn wyneb y tro yma, yna mi fyddai wedi cysylltu cyn rŵan, siawns.

Mae'n bum munud ar hugain i ddeg, a finna ar godi i fynd i'r gegin i wneud paned o goffi i mi fy hun pan ddaw'r caniad hirddisgwyliedig!

'Helô?'

Llais Gareth! Diolch byth!

'… Mae'n ddrwg gen i fod ar ei hôl hi yn eich ffonio chi, Dad. Damwain fach yn y pen yma, mae gen i ofn, a thipyn o waith doctora i Shirley a finna…'

Mae'n chwerthin.

'… Damwain fach i ni ond un ddifrifol iawn i Twm Bach, eich gor-ŵyr. Wedi syrthio a chrafu ei ben-glin a thynnu gwaed… Ond mae o'n ddewr iawn, cofiwch!'

Mae'n amlwg, o'i oslef, bod y geiriau olaf yn cael eu cyfeirio at y bychan, fel anogaeth i dawelu'r dagrau.

'… Sut bynnag, fe gewch chi weld drosoch eich hun mewn munud. Felly, os rhowch y ffôn i lawr, mi wna i gysylltu â chi ar FaceTime.'

Wna i ddim ceisio disgrifio'r aros am i'r iPad ganu. Dyma fi, ar fin dod wyneb yn wyneb â mab nad ydw i wedi ei weld ers yn agos i hanner can mlynedd ac ar fin cael cyfarfod merch-yng-nghyfraith ac ŵyr a gorwyrion na wyddwn i ddim hyd yn oed am eu bodolaeth nhw tan neithiwr! Mae fy nghalon yn cyflymu'n ddireol, ond cymysg iawn ydi fy nheimladau, serch hynny. Cyffro, wrth gwrs, o gael edrych ymlaen at eu cyfarfod, ond pryder gwirioneddol hefyd. Beth fyddan *nhw* yn ei feddwl ohona i? Dyna'r cwestiwn mawr sydd ar fy meddwl! Fyddan nhw'n siomedig pan welan nhw fi? Fyddan nhw falla'n dawedog ac yn oeraidd tuag ataf, am i mi fod yn dad ac yn daid ac yn hen daid mor ddiarth iddyn nhw? Fedra i wynebu peth felly?

Gymaint ydi fy mhryder nes bod fy nwylo'n crynu a minnau mewn dau feddwl ynglŷn ag ateb yr alwad ai peidio.

Mae cân yr iPad, pan ddaw, yn un daer, ac o fewn eiliadau dwi'n syllu ar wyneb sydd yn hynod o gyfarwydd, ar y sgrin fach o'm blaen. Mae fel camu'n ôl ddeng mlynedd ar hugain, i syllu ar fy wyneb i fy hun yn fy mhumdegau ac mae'r tebygrwydd hwnnw'n mynd â'm gwynt yn lân. 'Yr un ffunud â'i dad!' Onid dyna oedd yn cael ei ddweud pan anwyd Gareth? 'Yr un llygaid! A'r un siâp pen yn union!'

Mae gen i ofn mentro dweud dim rhag tagu ar fy ngeiriau.

'Fedra i ddim credu fy mod i'n cael… cael eich gweld chi eto, Dad, ar ôl… yr holl flynyddoedd.'

Mae'r crygni yn amlwg yn ei lais a'r lleithder yr un mor amlwg yn ei lygaid, ac mae hynny'n peri i'm llygaid innau hefyd lenwi a dydi geiriau ddim yn dod yn hawdd.

'Fedra i ddim deud mor falch ydw innau hefyd, Gareth, ac… ac mor ddiolchgar i ti am ddod i gysylltiad…'

A dyna cyn belled ag rwy'n gallu mynd, cyn tagu ar fy ngeiriau.

'Sut bynnag,' medda fo, yn camu i'r bwlch, 'mae gynnon ni lawer o bethau i'w trafod dros yr awr nesa. Ond cyn dechra, gadewch i mi gyflwyno eich teulu ichi.'

Mae ei wyneb yn diflannu o'r sgrin a dwi'n cael fy arwain rŵan o un stafell i'r nesaf, ac i ganol sŵn a phrysurdeb llond cegin o rai o wahanol oedrannau.

'Shirley ydi'r un sy'n tacluso ar ôl y parti!' Llais Gareth sydd i'w glywed o hyd.

Rwy'n gweld gwraig ganol oed yn troi i godi llaw cyn camu'n wengar tuag at y sgrin. Gwallt tywyll wedi dechrau britho, wyneb main trawiadol, llygaid treiddgar, gwên ddiffuant...

'Dwi mor falch o gael eich cyfarfod chi o'r diwedd, Mr Davis...'

Dwi'n clywed Gareth, yn y cefndir, yn ei hannog i'm galw fi'n 'Dad' ond y syndod ydi clywed fy merch-yng-nghyfraith yn siarad Cymraeg; Cymraeg ac iddo acen Awstralaidd bur drawiadol.

'Ia, Dad, wrth gwrs!' meddai hi. 'Taid, hyd yn oed!'

Anodd disgrifio'r cynhesrwydd rwy'n ei deimlo rŵan wrth glywed agosatrwydd ei chwerthiniad hi.

'Mae'n dda gen i'ch cyfarfod chi, Shirley. O'r diwedd, on'de?'

Yna llais Gareth eto a'r llun yn symud. 'A dyma Maldwyn, eich ŵyr!'

Eistedda bachgen ifanc, oddeutu dwy ar hugain oed, wrth fwrdd bwyd ac o flaen gweddillion gwledd go amheuthun yn ôl pob golwg. Mae'n codi llaw barod i'm cyfarch.

'Croeso i Awstralia, Taid!' Mae ei wên yn un lydan. 'Ond brysiwch drosodd i'n gweld ni yn y cnawd.'

Gyferbyn â fo eistedda gwraig ifanc, un sydd fymryn yn hŷn na Maldwyn, dwi'n tybio. Rywle yn y cefndir mae sŵn plant yn chwarae.

'Marina, gwraig Tom, ydi hon, Dad...' Llais Gareth eto.

'Hi ydi mam y plant. Wrthi'n dysgu Cymraeg wyt ti, on'de, Marina?'

Dwi'n synhwyro'r nodyn o gellwair yn ei lais ac yn ei gweld hithau'n mingamu, cystal ag awgrymu bod y dasg honno tu hwnt i'w gallu hi.

'... Dydi Tom ei hun ddim yn gallu bod efo ni, gwaetha'r modd, gan ei fod o ar grwydr eto.'

'O? A be ydi gwaith Tom, felly?' Dydw i ddim am ofyn o ble mae'r enw 'Tom' wedi dod ond mae gen i f'amheuon.

'Dyn camera efo cwmni teledu bychan sy'n arbenigo mewn creu rhaglenni natur. Mae o allan ar y Great Barrier Reef ar y funud yn ffilmio rhaglen fydd yn dangos sut mae'r newid hinsawdd yn prysur ladd y cwrel yn fan'no. Efallai i chi weld ffilm ar deledu Sky rhyw flwyddyn yn ôl yn dangos bywyd ac arferion y *great white shark*? Wel, Tom oedd tu ôl i'r camera yn honno hefyd.'

Wrth iddo siarad, mae Gareth wedi troi camera'r iPad i ganolbwyntio ar ddau o blant bychain yn rhedeg o gwmpas y gegin.

'A dyma nhw eich gorwyrion chi, Dad. Beti ydi nacw, yr hynaf. Mae hi wedi cael ei henwi ar ôl ei dwy nain, sef mam Marina a mam Tom a finna, wrth gwrs. Mae hi'n bedair oed heddiw ac fe gawson ni barti iddi pnawn 'ma. Mald ydi'r bychan... Mald, nid Maldwyn, sylwch... ond does dim rhaid dweud ar ôl pwy mae o wedi ei enwi!'

Er fy ngwaethaf, rwy'n teimlo'r dagrau yn dod i'm llygaid.

'... Dwy oed ydi o. Fe ddylai'r ddau fod yn eu gwlâu ymhell cyn hyn, wrth gwrs, ond fe gawson nhw aros yn effro er mwyn i'w hen daid gael eu gweld nhw. Babi tri mis oed ydi Ryan, y lleia, ac mae o wedi'i enwi ar ôl tad Marina. Mae o wedi mynd i glwydo ers oriau...'

Yn ddirybudd, mae Maldwyn yn codi ei lais rŵan i gyfarch pawb yn y gegin. 'Deudwch "Ta-ta" wrth Taid Mald! Gobeithio y cawn ni sgwrs efo fo eto'n fuan, ia?' A dwi'n gweld pob un ohonyn nhw yn ei dro yn codi llaw i gytuno ac i ffarwelio gyda gwên.

Mae'r camera yn fy arwain allan o'r gegin rŵan a dwi'n teimlo siom bod y cyfarfyddiad wedi bod mor fyr, a hynny cyn i mi gael cyfarch neb yn iawn, heb sôn am ddod i'w hadnabod nhw'n well ac iddyn nhwtha ddod i'm hadnabod i. Ond mae Gareth yn siarad eto.

'Mae yna un arall y carwn i ichi gael gair efo hi cyn i chi fynd yn ôl i Gwmcodwm,' medda fo, a dwi'n synhwyro rhywfaint o ansicrwydd yn ei lais. Mae'n amlwg ei fod o rŵan yn fy arwain i ran arall o'r tŷ ac at ddrws caeedig yn fan'no. Dwi'n gweld ei ddwrn yn curo'n ysgafn ac yna'r drws yn cael ei agor yn araf ganddo.

Y peth cyntaf a ddaw i'r golwg ydi tanllwyth braf o dân a chadair gyfforddus o'i flaen, efo cefn honno ataf. Wrth ymyl y gadair, saif Rollator, nid annhebyg i'r un a brynais i Florence i'w helpu hi i gerdded o gwmpas y tŷ ar ôl iddi ddiodde'r strôc gyntaf honno. Yn hongian uwchben y lle tân mae paentiad trawiadol mewn olew o hen wraig, a chanddi lond pen o wallt gwyn trwchus.

'Ylwch pwy sy 'ma!'

Nid siarad efo fi mae Gareth wrth i'r camera droelli'n araf o gwmpas y gadair i ddatgelu'r sawl sy'n eistedd yno o flaen y tân. Hen wraig benwyn drwsiadus, efo sbectol ar flaen ei thrwyn a llyfr agored ar ei glin.

'Hi sydd yn y llun uwchben y lle tân! Mam Shirley, mae'n siŵr.' Dyna sy'n dod i'm meddwl a dwi ar fin ei chyfarch hi felly. Ond mae syndod yn dod i'w hwyneb hi wrth iddi syllu rŵan i'r sgrin fach yn llaw Gareth a dwi'n gweld awgrym o banig neu embaras yn neidio i'w llygaid.

'Ydach chi'n ei nabod o, Mam?'

Mam? 'Mam' ddeudodd o? Does bosib mai…?

Saib hir drwmlwythog.

'Wrth gwrs!' meddai hi o'r diwedd mewn llais bach cryglyd ac mewn goslef sy'n awgrymu teimladau cymysg iawn. 'Sut wyt ti, Maldwyn?'

'Bet?… Bet? Ti sydd yna?'

Rydw innau yr un mor anghrediniol ac yn baglu dros fy nheimladau.

'… Ym! Rhyfedd dy weld di, o bawb, yn fan'na… yn Awstralia o bob man!'

'Daliwch chi hwn, Mam!'

Ond cyn rhoi'r iPad yn ei dwylo, mae'n ei droi i ddangos y llun uwchben y lle tân. 'Un o luniau Maldwyn, eich ŵyr, ydi hwn! Dwn i ddim o lle y cafodd o ei dalent, os nad gynnoch chi, falla? Sut bynnag, dwi am eich gadael chi rŵan.' Ac mae'n rhoi'r iPad yn nwylo Bet. 'Mae gynnoch chi'ch dau lawer i'w drafod, dwi'n siŵr.'

Mae'n amlwg nad ydi hi yn gyffordus o gael ei gadael ei hun efo fi, mwy nag ydw innau, o ran hynny, o gael fy rhoi yn yr un sefyllfa. Pur dawedog ydi'r ddau ohonom, heb wybod yn iawn beth i'w ddweud nesaf.

'Ers pryd wyt ti allan yna, Bet? Ar wyliau dwi'n feddwl.'

Dwi'n disgwyl ei chlywed hi'n ateb 'pythefnos', neu 'fis' neu rywbeth tebyg, ond yna'n gweld y wên fach swil roeddwn i mor gyfarwydd â hi pan oedden ni'n blant. 'Yma'r ydw i'n byw rŵan, Maldwyn, ers yn agos i chwe mlynedd.'

'O!' Sôn am fod yn syfrdan! 'Yn byw efo Gareth a'r teulu, felly?'

'Wel, ddim yn hollol. Ar wyliau y dois i allan yma gyntaf ond fe aeth Gareth a Shirley dros fy mhen i wedyn i symud yma'n barhaol ac fe aethon nhw ati i godi'r estyniad yma ar eu tŷ, yn unswydd i mi.'

'O! Da iawn.' Be arall fedrwn i ei ddweud? 'Ac rwyt ti'n fodlon dy fyd, felly, mae'n siŵr?'

Dwn i ddim a oedd sŵn edliw annheg yn fy ngeiriau ai peidio ond dwi'n gweld y boen yn dod i'w llygaid, ac mae'n mynd yn dawel rhyngom am rai eiliadau.

'Ydw,' meddai hi o'r diwedd. 'Mae'n debyg fy mod i. Fedra i ddim deud mor braf ydi hi o gael rhywfaint o gwmni wrth i mi fynd yn hŷn. Mae'n siŵr dy fod tithau wedi teimlo'r unigrwydd dros y misoedd dwytha, ers colli dy... dy wraig? Roedd yn wir ddrwg gen i glywed am dy brofedigaeth di, cofia.'

Cyndyn o glirio ydi'r tyndra rhyngom dros y munudau nesaf a'n sgwrs ni'n mynd yn anoddach wrth yr eiliad. Yna, pan dwi ar fin gwneud esgus i ddod â'r cwbwl i ben, dwi'n gweld deigryn neu ddau yn rhedeg i lawr ei boch a hithau'n crymu ei phen i geisio'u cuddio. A dwi'n ei chlywed hi'n mwmblan rhywbeth tebyg i, 'Mae'n ddrwg gen i, Maldwyn.'

'Be?... Be wyt ti'n feddwl, Bet?'

Rhaid aros rai eiliadau cyn iddi ymateb.

'Am y llanast wnes i o'n priodas ni. Mae'n wir ddrwg gen i, Maldwyn, coelia fi. Rydw i wedi treulio blynyddoedd yn difaru bod mor wirion ac wedi bod isio i ti wybod hynny. Ond fedrwn i ddim gneud hynny yn hawdd iawn, fedrwn i? Sut bynnag, pe bai posib mynd yn ôl mewn amser, fyddwn i byth, byth yn gneud yr un peth eto. Dwi am iti wybod hynny o leia.'

Mae ei dagrau yn llifo'n llawer cynt, rŵan, a minnau'n chwilio am rywbeth addas neu ddoeth i'w ddweud.

'… Fedra i ond gobeithio bod pethau wedi gweithio'n llawer iawn gwell i ti nag i mi, a bod dy ail briodas wedi rhoi mwy o hapusrwydd iti na'r un gyntaf.'

'Gwranda, Bet! Roedd llawn cymaint o fai arna inna hefyd, cofia.' Ond dwi'n ymatal rhag ychwanegu, 'Mi garwn innau, hefyd, allu camu'n ôl mewn amser i gael ail gyfle.'

'Camgymeriad mwya fy mywyd i, Maldwyn, oedd cael fy hudo gan Alwyn Llechwedd Isa. Waeth i mi heb â chynnig unigrwydd fel esgus dros ganiatáu peth felly, dwi'n gwybod hynny rŵan ond fe dreuliais i flynyddoedd yn difaru, coelia fi. Doedd Alwyn mo'r ffeindia na'r anwyla o ddynion, pe bawn i ond wedi sylweddoli hynny mewn pryd. A does neb sy'n gwybod hynny'n well na Twm ei frawd. Mae o wedi bod yn garedig iawn tuag at Gareth a finna dros y blynyddoedd.'

Wn i ddim yn iawn sut i ymateb i'w chyfaddefiad annisgwyl hi. 'Ond pam deud hyn rŵan, Bet?'

Mae hi'n gwyro'i phen eto. 'Am na ches i gyfle tan rŵan, Maldwyn, ac am na ddaw cyfle arall byth eto, mae'n beryg.'

'Dwn i ddim am hynny!' medda fi, i geisio newid y trywydd. 'Mae Gareth wedi 'ngwahodd i atoch chi am wythnos neu ddwy o wyliau a dwi wedi penderfynu derbyn ei gynnig.'

'O?' Mae ei syndod hi'n amlwg. 'Dwi'n falch o glywed.' A does dim amau'r didwylledd yn ei llais.

'Ro'n i'n rhyfeddu clywed Shirley yn siarad Cymraeg,' medda fi, yn newid testun y sgwrs rhag i'r sefyllfa fynd yn anghyfforddus.

Mae clywed hynny yn ddigon i ddod â gwên lydan i'w hwyneb llwyd. 'Am fod ei chartre hi ym mhen arall y byd, yna roedd Gareth yn arfer dod â hi adre efo fo bob gwyliau o'r coleg, ac fe wyddost ti mor Gymreig oedd hi yng Nghwmcodwm yn y dyddiau hynny. Ac roedd hithau hefyd, chwarae teg iddi, yn awyddus iawn i ddysgu'r iaith. Dylanwad Gareth, gelli fentro!… Yn ogystal â'r ffaith ei bod hi dros ei phen a'i chlustiau mewn cariad efo fo, wrth gwrs!… Sut bynnag,' meddai hi mewn goslef-troi-stori, 'dwi isio dy longyfarch di am dy erthyglau yn *Cwlwm Codwm* llynedd. Fe ddaethon nhw â llawer o atgofion melys iawn yn ôl i mi, cofia, am ein plentyndod ni yn y Cwm. Roedd rheini *yn* ddyddiau hapus, Mald, a fedar neb fynd â nhw oddi arna i, bellach.'

Mald! Dwi'n gwenu'n ddireidus wrth ei chlywed hi'n cyfeirio ataf felly. 'Oeddan, Bet Tŷ Pen Arall,' medda finna'n ôl, 'mi oeddan nhw'n ddyddiau hapus.'

Dwi'n amau ei bod hi'n gwrido wrth glywed fy mymryn o dynnu coes.

'Mi wnes i fwynhau eu darllen, cofia! Yn enwedig y bennod lle'r oeddet ti'n sôn am yr hen gymeriadau, ac am yr un oedden ni'n ei alw yn "Dyn rhyfedd y Plas".'

'A! Y Seilas hurt hwnnw wyt ti'n feddwl?'

Mae hi'n sobri'n annisgwyl wrth glywed fy ngeiriau a dwi'n clywed sŵn mwy difrifol yn dod i'w llais. 'Gyn lleied a wydden ni ar y pryd, Mald.'

'Be wyt ti'n feddwl, Bet?'

'Fe gafodd o a'i fam gam mawr, cofia.'

'Ei fam?' medda fi'n ddryslyd. 'Pwy ar y ddaear oedd honno?'

'Pan ddois i'n ôl i Gwmcodwm,' meddai hi, yn cychwyn ar ei stori, 'mi fyddi'n cofio, falla, i mi gael gwaith yn Ysbyty Rhuthun a dy fod ti wedi bod yn anfon pres hael tuag at

fagu Gareth. Fe roddodd hynny gyfle i minna hel tipyn at
ei gilydd i allu prynu car bach fel fy mod i'n cael teithio'n
ôl a blaen i'm gwaith, yn ôl y galw, tra bod Mam yn helpu
i fagu Gareth – mynd â fo i'r ysgol, gneud bwyd iddo fo ac
yn y blaen... Sut bynnag, roedd y teithio'n ôl a blaen bob
yn ail â pheidio yn bur drwm a finna'n blino. Yna, un dydd
Sul, roedden ni fel teulu wedi mynd i'r capel a phwy oedd
yn digwydd bod yno ond Alwyn, adref yn Llechwedd Isa
am ychydig ddyddiau, ac fe ddaeth draw atom ni i siarad. A
dyna gychwyn petha, gwaetha'r modd...'

Dwi'n awyddus i dorri ar ei thraws rŵan, nid yn unig am
fod trywydd y sgwrs yn beryg o agor hen graith ond hefyd i
ofyn iddi beth sydd gan hyn i gyd i'w wneud â Seilas a'i fam.
Ond mae'n achub y blaen arnaf.

'... Sut bynnag, roedd Alwyn yn gweithio efo'r Comisiwn
Coedwigaeth yn ardal Clocaenog ar y pryd ac yn rhentu tŷ
yn Rhuthun, ac mi aeth dros fy mhen i ymuno efo fo yn
fan'no.'

'A be am Gareth?'

'Roedd o wedi rhoi ei gas ar Alwyn yn fuan iawn,
oherwydd bod hwnnw mor ddiamynedd efo fo ac yn ei
fygwth â rhywbeth neu'i gilydd byth a hefyd. Rhyw naw
oed oedd o erbyn hynny a phan gynigiodd Mam iddo aros
efo hi fel ei fod yn cael dal i fynychu Ysgol Cwmcodwm, a
mynd ymlaen o fan'no i'r Uwchradd yn Abercodwm, yna fe
gytunais i'n barod iawn...'

Gan ei bod yn bur amlwg iddi, erbyn rŵan, nad oes gen
i fawr o ddiddordeb yn ei hanes hi ac Alwyn Llechwedd Isa,
mae'n prysuro ymlaen.

'... Sut bynnag, fe ges i waith parhaol o'r diwedd yn
Ysbyty'r Meddwl yn Ninbych...'

'Be? Yn y Seilam?'

'Ia. A phwy feddyliet ti oedd yno?'

'Nid Seilas, erioed?' O ystyried ei stori hi hyd yma, yna at bwy arall allai hi fod yn cyfeirio, beth bynnag?

Dwi'n ei gweld hi'n nodio'n ddwys. 'Roedd o yno ers yn agos i ddeng mlynedd ar hugain, cofia. Nid o dan glo yn y Lle Mawr, lle'r oedd yr achosion gwaethaf yn cael eu cadw, ond yn yr ysbyty ei hun. Oedd, roedd o'n colli arni weithiau, ac roedd hi'n anodd cael llawer o synnwyr ganddo fo ar adegau felly, ond roedd o hefyd yn siarad yn reit gall ar adegau eraill. Sut bynnag, pan sylweddolais i pwy oedd o, yna mi ddaethon ni'n dipyn o ffrindiau yn fuan iawn.'

'Ond mi soniaist am ei fam yn cael cam. Does bosib bod honno yn y Seilam hefyd?'

'Na, roedd hi wedi marw flynyddoedd ynghynt. Ond gad i mi egluro, Maldwyn. Wyddet ti, er enghraifft, mai Cymro oedd o?'

'Cymro? Pwy? Seilas?' Mae sŵn anghrediniaeth ym mhob cwestiwn.

'Ia. Cymro Cymraeg glân gloyw. A deud y gwir wrthyt ti, Mald, doedd ganddo fo fawr o Saesneg. Graham Hughes oedd ei enw iawn o, ac enw ei fam oedd Gwendoline Hughes.'

Mae hi'n dweud yr enw olaf fel pe bai hwnnw i fod i olygu rhywbeth imi, ond dydi o ddim.

'... Gad i mi egluro. Oherwydd bod gen i'r hawl i gael golwg ar fanylion meddygol pob claf oedd yn yr ysbyty, yna mi fedrais gael hanes Graham i gyd, yn enwedig gan fod copi o adroddiad yr heddlu hefyd yn rhan o'r wybodaeth amdano. Wyddost ti nad oedd gan Graham Hughes... neu *Seilas* fel roedden ni'n arfer cyfeirio ato fo ers talwm...

ddim hawl bod yn y Plas o gwbwl, pan oedden ni'n blant? Wedi torri i mewn trwy un o'r ffenestri cefn oedd o, mae'n debyg, ac yn sgwatio yno. Byddi'n cofio falla bod y lle wedi bod yn wag am rai blynyddoedd cyn iddo fo gyrraedd ac mae'n ymddangos nad oedd gan neb lleol unrhyw syniad pwy oedd perchennog y Plas erbyn hynny. Sut bynnag, fe fu Graham yn byw yn anghyfreithlon yno am dair, os nad pedair, blynedd i gyd ac, yn yr amser hwnnw, fe aeth ati i greu cryn dipyn o ddifrod yn yr adeilad, mae'n debyg. Malu'r ychydig ddodrefn oedd yno, er mwyn cynnau tân, tynnu drysau'r cypyrddau a drysau'r cytiau tu allan, hefyd, i'w llosgi... nes i rywun neu'i gilydd dynnu sylw'r heddlu at y peth, a buan y penderfynwyd wedyn ei fod o'n orffwyll a bod angen mynd â fo i'r Seilam, fel roedd fan'no'n cael ei adnabod bryd hynny, wrth gwrs.'

Er fy ngwaethaf, dwi'n teimlo fy hun yn cael fy nhynnu i mewn i'w stori. 'Ond be oedd a wnelo'i fam â'r holl beth? Yn enwedig os oedd hi wedi marw beth bynnag?'

'Yn ôl y wybodaeth yn ei gofnodion meddygol, fe gafodd Graham ei eni mewn lleiandy ar gyrion Caer, diwedd Ebrill un naw un naw...'

'Caer?'

Roedd fan'no ymhell iawn o Gwmcodwm yn y dyddiau hynny, yn enwedig o ystyried cyflwr y ffyrdd a safon ceir y cyfnod, ac mae Bet yn gweld y dryswch ar fy wyneb.

'Fel y dwedes i, mam Graham oedd Gwendoline Hughes ac, yn ôl nodiadau'r heddlu, fe fu hi'n forwyn yn Plas Dolgoed, Cwmcodwm, o 1916 tan 1919...'

Dwi'n glustiau i gyd rŵan ac yn gadael i Bet fynd ymlaen efo'i stori.

'... Wyt ti'n cofio, pan oedden ni'n blant, Mald, ryw stori

am ddwy forwyn yn y Plas a bod un wedi cael ei dychryn yn ofnadwy gan yr ysbryd a'i bod hi wedi gwallgofi a rhedeg i ffwrdd?'

'Cofio'n iawn!' Wedi'r cyfan, does ond rhyw ddeunaw mis ers i mi fod yn adrodd yr hanes wrth ddosbarth Euros Parri yn Ysgol Abercodwm. 'Be? Honno oedd Gwendoline Hughes?'

'Ia, mae'n debyg, ond nid gorffwylledd oedd yr achos iddi adael. Stori gelwyddog y Plas oedd peth felly. Yn ôl tystiolaeth y papurau yn ffeil Graham yn yr ysbyty pan ddechreuais i nyrsio yno yn 1976, bu'n rhaid i Gwendoline Hughes adael Plas Dolgoed ar ddydd Calan 1919 oherwydd ei bod hi'n disgwyl plentyn. Peth felly yn bechod o'r mwyaf i rywun dibriod yn y cyfnod hwnnw, wrth gwrs. A dyna pryd yr aed â hi i'r lleiandy yng Nghaer a'i chadw hi yno nes i'r plentyn gael ei eni.'

'A Seilas oedd hwnnw!'

'Ia. Ac fel Graham Hughes y cafodd o ei fedyddio. Roedd ei dystysgrif geni yn cael ei chadw ymysg y papurau yn ei ffeil yn yr ysbyty ac, yn ôl honno, yng Nghaer y'i ganwyd o – ac felly yn Lloegr! – ar y dydd olaf o Ebrill 1919 efo Gwendoline Hughes, 17 mlwydd oed, yn enw ar ei fam a'r gair *illegitimate* yn unig gyferbyn ag enw'i dad.'

'Roedd hi mor ifanc â hynny? Bobol bach! Trist iawn! A doedd Seilas ei hun, felly, ddim mor hen ag oedden ni wedi tybio ei fod o, pan ddaeth o i'r Plas i fyw. Prin yn ddeg ar hugain ar y pryd, mae'n siŵr?'

Mae Bet yn nodio mymryn ar ei phen i gytuno. 'Ond nid dyna ddiwedd y stori. Roedd cofnod arall yn y ffeil, hefyd, yn Saesneg wrth gwrs… wedi'i sgrifennu gan un o'r lleianod a fu'n gofalu am Gwendoline yn ystod ac ar ôl yr enedigaeth. Doedd y gofal hwnnw ddim i'w gael yn rhad ac am ddim, fel y gelli di feddwl. Felly, pwy dalodd y bil, meddet ti, Mald?'

'Yr Hen Sgweiar, dwi'n cymryd?' medda fi, gan na allaf feddwl am neb arall mwy tebygol.

'Ia. Rwyt ti yn llygad dy le, wrth gwrs. A pham fasa fo'n gneud hynny, meddet ti?'

Ond mynd ymlaen mae hi cyn rhoi cyfle imi feddwl am ateb.

'... Yn ôl y dystiolaeth ar y pryd, roedd y Sgweiar yn barod i gydnabod ar y naill law mai Graham Brody, ei fab, oedd tad y plentyn, ond yn croes-ddweud ei hun hefyd trwy ddadlau bod rhywfaint o amheuaeth ynglŷn â hynny ac na ddylai cyfenw'r mab ymddangos ar y dystysgrif geni, rhag i'r peth ddwyn gwarth annheg, o bosib, ar y teulu.'

'Ond roedd o'n fodlon i'r babi gael ei enwi yn Graham, serch hynny?'

'Oedd. Yn ôl cofnod y lleian, dyna un o amodau'r Sgweiar wrth dalu i'r lleiandy am y gofal, sef bod y plentyn yn cael ei enwi'n Graham ond mai cyfenw'r fam fyddai arno, sef Hughes. A fo, Graham Hughes ei hun, ddaru adrodd gweddill yr hanes wrtha i, yn Ninbych, mewn sgwrs yn ystod un o'i gyfnodau mwyaf call. Ar adegau eraill, doedd o'n gneud dim ond rhygnu ymlaen, o hyd ac o hyd, am ryw gwt efo sgerbwd ci yn sownd wrth gadwyn, a rhyw bethau eraill na allwn i wneud na rhych na rhawn ohonyn nhw.'

Mae arwyddocâd y geiriau yn peri i'r gwaed oeri yn fy ngwythiennau.

'... Sut bynnag, roedd ei fam wedi dweud wrtho, medda fo, bod y Sgweiar wedi cynnig *arian mawr* iddi hi symud allan o'r ardal fel na fyddai pobol y lle yn dod i wybod am ei gwarth hi. Unig amod arall y Sgweiar oedd nad oedd y fam na'r plentyn i fynd ar gyfyl y Plas na Chwmcodwm byth wedyn.'

Dydw i ddim yn cofio Bet yn byrlymu siarad fel hyn o'r blaen, hyd yn oed pan oedden ni'n briod yr holl flynyddoedd yn ôl, ond er bod ei llais hi rŵan yn crygu, mae'n amlwg ei bod hi'n benderfynol o adrodd y stori yn llawn.

'Trist iawn!' medda fi eto, yn ailadrodd fy hun.

'Ia. Y gwarth i gyd ar Gwendoline druan! Ond o fewn y Plas roedd y gwarth mwyaf, cofia, oherwydd nid ymroi i'w chwant wnaeth y forwyn fach ond cael ei threisio.'

Dydi'r wybodaeth yma ddim yn fy synnu i, chwaith, wrth i ddisgrifiad fy nhad o fab y Plas – y bwli oedd yn bygwth plant y pentref efo'i gi – ddod yn ôl imi. 'Pan oedd y Graham 'na adre ar lîf o Ffrainc, mae'n debyg?' medda fi'n chwerw wrth gofio am y cachgi pathetig a welais i yn fy hunllef neithiwr.

Am fy mod i wedi ymgolli eiliad yn yr atgof hwnnw, prin fy mod i'n clywed geiriau nesaf Bet: 'Na, nid y mab.'

'Be?… Be ddeudist ti, Bet?'

'Yn ôl tystiolaeth Graham Hughes, nid mab y Plas oedd ei dad. Nid Graham Brody oedd wedi treisio'i fam.'

'Os felly, pwy?' Ond dwi'n gwybod yr ateb cyn gorffen gofyn y cwestiwn. 'Be? Y tad? Yr Hen Sgweiar ei hun?'

Yn yr eiliad yma o sylweddoli'r gwir, dwi'n teimlo fy nghorff yn troi'n rhew wrth i mi ddirnad arwyddocâd ymweliad y forwyn fach â fy llofft i neithiwr. Nid ymbil yn ofnus arna i oedd y Gwendoline Hughes ifanc, wrth gwrs, ond crefu, yn hytrach, ar y sawl oedd yn gorchymyn iddi ddod ato i'r gwely. A'r Hen Sgweiar ei hun oedd hwnnw!

A dyma fi rŵan wedi dod i glwydo am y nos ac mae fy llofft yn lle llawer mwy bodlon heno; mwy felly nag y bu ers cenedlaethau, rwy'n tybio. Ond er bod y llyfr *In the Kingdom of Ice* eto'n agored o'm blaen, fedra i yn fy myw â chanolbwyntio, heno chwaith, ar anturiaethau Capten De Long a chriw arwrol yr *USS Jeannette* yn eu brwydr i dorri trwy'r rhew at Begwn y Gogledd. Y gwir yw bod gen i ormod ar fy meddwl o hyd!

Ar ôl ffarwelio â Bet bore 'ma, ac addo sgwrs arall o fewn yr wythnos, fe es ati'n syth wedyn i roi fy nghynlluniau ar droed. A minnau, bellach, yn gwybod i sicrwydd mai gadael y Plas fydda i, a hynny mor fuan â phosib, fe es i weld Cai Morris, y cyfreithiwr ifanc yn Abercodwm, ac egluro fy mod i am iddo gysylltu efo cadeirydd y Cyngor Sir, ac efo'r Cyfarwyddwr Addysg hefyd pe bai angen, i gynnig Plas Dolgoed yn rhad ac am ddim i'r sir, ar yr amod bod y lle yn cael ei ddatblygu yn ganolfan addysg Gymraeg o dan yr enw 'Canolfan Gwendoline'. Ac er mwyn sicrhau bod y cynnig yn cael ei dderbyn, dywedais wrtho fy mod i, hefyd, yn barod i gyfrannu swm o gan mil o bunnoedd tuag at addasu'r adeilad yn lle modern, deniadol. 'Hael iawn, os ca i ddeud, Mr Davis,' oedd ei ymateb i hynny ac roedd fy ateb innau yr un mor barod: 'Does dim poced mewn amdo, Cai. Cofia hynny!... Sut bynnag,' medda fi wedyn, 'mae gen i un neu ddau o amodau ychwanegol, sef, yn gyntaf, bod parlwr ffrynt a chegin gefn y Plas yn cael eu hailwampio yn un stafell hir, at ddefnydd dosbarth meithrin Cymraeg yn ystod y dydd a darlithfa fodern at ddefnydd yr ardal bob min nos, a bod yr ysgol feithrin yn cael ei rhoi yng ngofal gwraig ifanc o Abercodwm, na wn i mo'i henw hi eto. Ond mi fydd Euros Parri, pennaeth y Gymraeg yn yr ysgol uwchradd, yn gwybod yn iawn am bwy dwi'n sôn. A'r amod arall ydi bod y deuddeg acer o dir coediog sy'n rhan o'r stad yn cael eu diogelu rhag unrhyw ddatblygiad diwydiannol a'u bod nhw, yn hytrach, yn cael eu cadw at ddefnydd hamdden pobol y pentre.'

Awgrymais iddo hefyd y byddwn i'n fwy na pharod, pe dymunid hynny, i adael fy lluniau i gyd – ugain ohonynt – i gael eu fframio a'u hongian ar waliau 'Llyfrgell' y Plas, yn gofnod hanesyddol o Gwmcodwm fel ag yr ydw i a Bet... ac ia, Twm Llechwedd Isa hefyd... yn cofio'r lle.

Ar ôl gadael y cyfreithiwr, fe es i wedyn i weld rheolwr yr HSBC yn y dref a threfnu i swm sylweddol o'm harian gael ei drosglwyddo, mor fuan â phosib, i gangen o'r banc hwnnw yn Canberra ac iddo wneud ymholiadau pellach ynglŷn â symud y cyfan o'r cyfrif i fan'no hefyd, efallai, ymhen amser.

Erbyn canol pnawn, ro'n i'n eistedd yn fwy na bodlon fy myd wrth fy mwrdd arferol yng Nghaffi'r Sgwâr yn disgwyl am fy nghwpanaid arferol o *espresso*. Yn union gyferbyn â'r caffi, saif siop asiantaeth teithio Thomas Cook, lle bûm i, ychydig funudau ynghynt, yn trefnu tocyn i hedfan allan i Canberra, cyn diwedd y mis. Tocyn dosbarth cyntaf, efo cwmni Quantas! Nid er mwyn cael ymddangos yn fawreddog o gwbwl ond fel ffordd o ddathlu penderfyniad mor fyrbwyll ac mor ddi-droi'n-ôl. Fe gefais yno hefyd gyngor ar sut i fynd ynglŷn â threfnu Visa i mi fy hun a chael clywed na fyddai unrhyw anhawster yn hynny o beth, gan mai ymweld â theulu agos oedd fy mwriad.

Waeth imi heb â chau fy llygaid. Ddaw cwsg ddim yn fuan, yn reit siŵr. Gormod ar fy meddwl, dyna'r gwir! Does ond pedair awr ar hugain, wedi'r cyfan, er pan oeddwn yn gorwedd yma yn crynu rhag y storm – 'Storm y Ganrif yng Nghanolbarth Cymru', yn ôl y newyddion, bore 'ma – ac rwy'n ei chael hi'n anodd amgyffred cymaint sydd wedi digwydd yn yr ychydig oriau hynny. Ddoe, ar ddydd fy mhen blwydd, roeddwn yn pigo'n ddiflas ar fy mwyd yn Nhafarn y Cwm a'm dyfodol yn dywyll iawn imi; heddiw, fe ddaeth pethau at ei gilydd mor hawdd â datrys jig-so plentyn bach, ac mae cyfle, rŵan, i ailgydio yn fy ngorffennol pell ac i ddod i adnabod teulu y cefais fy amddifadu o'u cwmni cyhyd.

Mae'r cloc bach ger y gwely yn dangos ugain munud wedi un ar ddeg wrth i mi wyro i roi fy llyfr o'r neilltu ac i ddiffodd y lamp fach. Mae storm neithiwr, fel pob storm am wn i, wedi ysgafnu'r aer yn rhyfeddol a bu heddiw'n ddiwrnod braf ar ei hyd. Braf ymhob ystyr!

A heno, wrth orwedd yma yn ail-fyw hunllef a helyntion y nos, neithiwr, ac wrth gnoi cil unwaith eto ar stori Bet fore heddiw, rwy'n ffyddiog, bellach, bod dirgelion y Plas i gyd wedi'u datrys a phob ysbryd wedi'i dawelu; hyd yn oed ysbryd yr hen Satan ei hun.

Drwy'r llenni ysgafn, mae'r lleuad i'w weld fel llygad crwn yn y nos tu allan i'm ffenest ac mae'n cyfleu, i'r dim, y llonyddwch a'r bodlonrwydd newydd rwy'n ei deimlo rŵan. Bu heddiw yn ddiwrnod a hanner yn reit siŵr ac yn un a wnaeth lawer i agor llygaid hen ŵr oedrannus fel fi. Byddaf, mi fyddaf yn gadael Cwmcodwm o fewn y mis, a go brin y dof yn ôl i olwg yr hen le 'ma byth eto; ond mae gen i achos i ddathlu hefyd, dwi'n teimlo, oherwydd mae pethau'n edrych yn fwy addawol nag y buon nhw ers tro byd – i mi ac i Gwmcodwm hefyd, gobeithio. Teulu o Gymry ifanc eisoes wedi symud i 2 Glanrafon, a fan'no ar ei newydd wedd…

'tyaid', wedyn, chwedl Bet, o orwyrion Twm Preis wedi dod i fywiogi Llechwedd Isa unwaith eto... Plas Dolgoed yn ganolfan gymdeithasol newydd sbon, ac yn gartre, gobeithio, i ysgol feithrin Gymraeg ac i weithgareddau Cymraeg a Chymreig y dyfodol... ac, yn ôl yr hyn a ddywedodd Cai Morris, y cyfreithiwr, yn gynharach heddiw, mae rhyw gogydd adnabyddus o Gymro wedi prynu Tafarn Cwm Bach gyda'r bwriad o'i throi hi'n fwyty Cymreig safonol.

Byddaf, mi fydda i'n teimlo'n eithaf bodlon, dwi'n siŵr, pan ddaw hi'n amser i mi adael.

Un funud rwy'n cysgu'n drwm, cwsg difreuddwyd, y cwsg brafiaf ers dwn i ddim pryd, a'r eiliad nesaf rwy'n gwbwl effro a heb wybod yn iawn pam. Chwarter i hanner nos! Mae cwmwl ysgafn yn ymffurfio rhyngof a'r lleuad. Rhyngof a'r ffenest, hyd yn oed! Tebycach i fwg aflonydd sy'n tewychu wrth yr eiliad nes cuddio'r lleuad yn llwyr.

Fe ddylwn gynhyrfu neu deimlo dychryn wrth ei weld yn siapio ond dyw'r ofn hwnnw ddim yn digwydd. Mi allwn ymestyn at y lamp i roi'r golau ymlaen ond dydw i ddim yn teimlo rheidrwydd i wneud hynny chwaith. Yn hytrach, mae fy sylw, fy chwilfrydedd, wedi ei hoelio ar yr hyn sy'n digwydd rhyngof i a ffenest fy llofft, deirllath neu lai o'r gwely dwi'n gorwedd arno.

Does dim bygythiad yn y mwg, yn y siâp, wrth i hwnnw ymrithio o fy mlaen ar ffurf merch ifanc dal, i syllu yr un mor fud arnaf eto heno. Does dim arwydd o dristwch ynddi hi bellach, chwaith, oherwydd dyw'r Hen Sgweiar ddim yma i'w gorfodi hi ato i'w wely. Yn hytrach, cyfleu gwên o ddiolch mae hi a thrwy'r aflonyddwch o fwg rwy'n ei gweld hi'n codi llaw swil mewn arwydd o ffarwél diolchgar cyn cilio, unwaith eto, yn ôl i'r nos. Ac ym mêr fy esgyrn rwy'n gwybod na ddaw rheidrwydd arni i ddychwelyd i'r Plas byth eto.

'Pob bendith, Gwendoline fach!' medda fi, ac rwy'n tagu ar fy ngeiriau.

£7.99

Am newid

DANA EDWARDS

y Lolfa

£7.99

DADENI

IFAN MORGAN JONES

yLolfa

£9.99

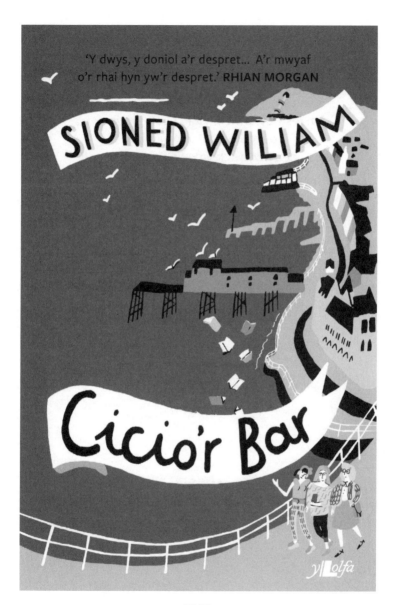

'Y dwys, y doniol a'r despret... A'r mwyaf
o'r rhai hyn yw'r despret.' **RHIAN MORGAN**

SIONED WILIAM

Cicio'r Bar

yl **L**olfa

£8.99

Am restr gyflawn o lyfrau'r Lolfa, mynnwch
gopi am ddim o'n catalog
neu hwyliwch i mewn i'n gwefan

www.ylolfa.com

lle gallwch archebu llyfrau ar-lein.

TALYBONT CEREDIGION CYMRU SY24 5HE
ebost ylolfa@ylolfa.com
gwefan www.ylolfa.com
ffôn 01970 832 304
ffacs 832 782

Holwch am bris argraffu!
01970 832 304